川口則弘

文芸記者がいた!

本の雑誌社

文芸記者がいた！　目次

謝辞

　盛厚三、荒川佳洋、かわじもとたか、吉田純一、山﨑晃嗣の各氏には、雑誌連載中から物質的、精神的に多大なご支援をいただきました。本書が完成したのは彼らのおかげです。感謝申し上げます。

デザイン　重実生哉

文芸記者がいた！

川口則弘

はじめに――なぜ文芸記者なのか

文芸記者とは何者なのか。ずっと気になってきた。

きっかけは文学賞だった。私は文学賞、とくに直木賞が大好きで、生活のほとんどは直木賞の調査に捧げているが、昔の直木賞を知ろうと思ったときに、避けて通れないものに新聞がある。賞が決まる一月と七月頃、決定の発表や、受賞者の紹介、選考の経緯などが多くの新聞で報じられてきたからだ。しかし、なぜこれほど取り上げられるのか。理由がわからない。もやもやした気分で調べるうちに、やがてこんな考えにたどり着く。どうやら直木賞が凄いわけではない。これにニュース価値があると見なして、性懲りもなく祀り上げてきたメディアの感覚が異様なのだと。

メディアと言ってもさまざまある。なかでも日本の文学に大きな影響を及ぼしたのが新聞だ。文芸を専門とする記者たちが文学賞や出版界を取材する。そして広く世間に拡散する。これを繰り返してきた結果として、いまがある。文学賞を含めて出版環境は時代とともに変化したが、文学というものを商売にして、世に定着させた功労者、ないしは戦犯として、新聞やそこで働く記者の名を挙げてもまず問題はないだろう。

しかし、文芸記者は主役になることがほとんどない。他人の小説や評論、読者の好みや出版動向などをテーマに、さまざまな解説を偉そうに書きながら、自分のことはあまり語らずに影の存在に徹している。いったい何者なんだ。文芸記者。

そこで本書では文芸記者に焦点を当てて、その歴史をたどってみることにした。記者という と、出版社や雑誌の世界でも広くこの言葉は使われるが、基本的には新聞社に属する人たちを取り上げる。より多くの読者を持ち、文学の大衆化を先導・煽動してきたことでは、新聞メディアこそ最も注目に値するからだ。

さかのぼると、初めて日本人が邦字の日刊紙をつくったのは明治三年(一八七一年)。紙名は『横浜毎日新聞』と言い、主に商売に直結しそうなニュースやデータが載せられた。当時はまだ、文学という概念は世間のなかでは一般的ではなく、文芸専門の記者もいなかった。

ところが、我が国でも西洋並みの文章芸術はつくれるはずだ、と坪内逍遙がぶち上げたところから、新聞の文芸が動き出す。当時、坪内は東京専門学校(後の早稲田大学)の講師だったが、新聞社とも縁が深く、師と仰いだ小野梓が『読売新聞』にいたせいで紙面の企画に積極的に協力する。明治十九年に載ったジョルジュ・オネー作「鍛鐵場の主人」の翻案は、同紙初の連載小説だが、これを提案したのも逍遙だった。

ある期間にわたって少しずつ話が続いていく小説や読み物の類いは、読者の興味を惹きつけて新聞の売れ行きを押し上げた。書き手は多くの場合社員が務めたものの、硯友社をはじめとして文学グループが群発すると、社外の作者も増えていく。すると社内と社外の調整役が必要となり、おのずと連載の担当者という職能が発生した。文芸記者の萌芽である。

とはいえ明治から大正期、作者と記者のあいだに明確な境界があったわけではない。文芸を志す者が生活のために新聞社に勤務する。あるいは新聞記者だった人がやがて物書きとして独立する。そんな例は数々あって、とうていすべては挙げきれない。明治四十一年に『国民新聞』に文芸欄をつくった高浜虚子がいる。それに刺激を受けて『東京朝日新聞』で文芸欄を始めた夏目漱石がいる。国木田独歩、徳田秋声、島村抱月、正宗白鳥、薄田泣菫《すすきだきゅうきん》、菊池寛、佐佐木茂索、そのほか多くの文学者が新聞社で記者をした。文士と新聞記者はお互い重なり合う存在だった。

大正半ばに差しかかる頃、その状況にも変化の兆しが訪れる。契機となったのは、日本の産業構造がうねりを上げて資本主義に進んだことだ。新聞社も多くが株式会社となって組織の規模を肥大化させたが、それにつれて人材雇用のかたちも改革をせまられる。高等教育を受けた学生を集めて、試験による選抜を毎年実施。かならずしも文士になりたがっているとは限らない大学出身者が文芸記者になることも増え、つくる人と伝える人、徐々に文芸の職能は分かれていった。

大正から昭和と時代は流れ、大きな戦争とその敗戦を挟んで、ますます記者の仕事は鮮明になる。新聞の人気を左右する小説を、いかに滞りなく連載するか。石原慎太郎の登場で一気に市民権を得た文学賞を、どのように世に伝えるか。ときに作家に会って話を聞く。ときに世間の流行りに追従する。ベストセラーを紹介したり、書評で扱う書籍を選んだり、さまざまなかたちで出版界の宣伝にも貢献した。経済成長を背景に文芸は商業化の道を突き進んだが、現在、我々が見ているそうした文芸の一端は、あいだに立つ新聞メディアがつくってきたと言っても過言ではない。

しかし順調だったビジネスも、いつかはかならずピークを超える。栄枯盛衰、紆余曲折、新聞もまた例外ではなく、二十一世紀に入って部数を減らし、経営悪化が止まらない。文芸に関わる出版もまたそうだ。ともに市場が縮小する新聞と文芸。両者の切っても切れない関係は、現在に及ぶまで続いている。

日本の新聞が生まれておよそ百五十年。文芸記者は文学と密接に関わり、長きにわたって併走してきた。彼らの仕事や生き方を追っていくことで、文学をめぐる環境がどのように変わってきたのか、改めて探ってみたいと思う。

とくに本書では、普通の文学史には登場しないような記者たちをなるべく優先して取り上げることにした。もっと有名な人や書きやすい人がいるような気もするが、これだけはどうしても譲れない。人目に触れない生きざまにこそ価値がある。私自身、そう信じているからである。

一、堀紫山（読売新聞）

論争と黒子の人

明治三年（一八七一年）、商人たちが出資して生まれた『横浜毎日新聞』は両面二ページ建てで始まった。価格は一部当たり銀一匁。刷られた数はわずか千部前後だった。

しかし時代は国を挙げての変革期だ。ニュースの種は次から次へと沸いてくる。明治十年西南戦争が勃発し、明治十八年には初の内閣が生まれるなど、政情は落ち着く様子もない。そのゴタゴタはおのずと全国各地に活気を与え、新しい新聞がぞくぞくと創刊。発行部数も数千、数万と日増しに増えていった。

さまざまな人の目に止まる。となると作り手も、読み手を意識せざるを得なくなる。どうすれば多くの人に読まれるか。さまざまな企画が生まれては消えた。なかでも効果的だったのが、面白くて筋のある読み物を載せることだった。新聞小説の原型である。

月の輪書林『古書目録十八　特集・堀紫山伝』

では最初の新聞小説は何なのか。高木健夫『新聞小説史 明治篇』（昭和四十九年十二月・国書刊行会刊）によると、明治八年の「岩田八十八の話」（『平仮名絵入新聞』、無署名）辺りが嚆矢らしい。岩田八十八という老人が、別れた若い女房とその夫に傷害事件を起こして諸国を放浪、その果てに官憲に捕えられる……という現実の裁判をもとにしたものだ。市井で起きた出来事を、想像と脚色を交えながら報道する。以来「続き物」と呼ばれる記事が好んで読まれ、仮名垣魯文や高畠藍泉（三世柳亭種彦）などの戯作者が人気を博した。作者の多くは新聞社の社員でもあったため、その意味では彼らを文芸記者の走りと見てもおかしくない。

ものを書く。それを多くの人に読んでもらうことで生きていく。新聞の発展は、社外にいる若者たちにも魅力的な未来を映し出した。仲間うちで雑誌をつくったり回し読みしたり、それでも十分楽しめる。しかし新聞に載れば、読者の数も圧倒的に多く、さらにはお金も入るのだ。文学を志す人たちが腕をまくって新聞メディアに近づくのは、まるで自然のことだった。

そして、この状況をうまく活用した新聞がある。明治七年に創刊した『読売新聞』である。始まりからしばらくは売れ行きがよく、東京市内でシェア率ナンバーワンまで駆け上がったが、他紙に押されてその後に低迷。テコ入れを図るために、坪内逍遙の勧めで友人の高田早苗（半峰）が主筆に就いた。明治二十年のことだった。

この高田がなかなかの改革者で、入社早々、即座に新しい方針を打ち立てる。『読売』を文学新聞にしよう、と言い出したのだ。

高田自身はこう語る。

「成るべく平易な言葉で論説を書き、今迄新聞の論説を讀み得なかつた人にも段々讀ませる様にするのが宜しい。從つて雜報の方も其考で筆を執るが宜しい（引用者中略）之れと同時に讀賣新聞を一方文學新聞とする方針にしたいといふのが私の主張であつた。」（高田早苗述『半峯昔ばなし』昭和二年十月・早稲田大学出版部刊）

限られた層だけを対象にしない。広く読者に読ませたい。そのための施策として文学を採り入れようと考えた。

高田はさっそく若い人材を物色し、二人の有望な若者を引き入れる。尾崎紅葉と幸田露伴だ。ともに年齢は二十三歳。まもなく露伴は朝日新聞社の村山龍平に乞われて『国会』新聞に移ってしまうが、紅葉の働きはその損失を補うほどに凄まじかった。自ら続き物を書きまくりながら、明治十八年に道楽で始めた文学集団「硯友社」の領袖格として、巖谷小波、川上眉山、江見水蔭など、仲間や後輩たちにも紙面を提供。一大派閥を築き上げる。なにせ硯友社の機関誌だった『江戸紫』をまるごと『読売』の付録にしてしまったのだ。身びいきが露骨すぎて、正直唖然とする。

しかし、勢いのある人のまわりには自然と人が寄ってくる。名の知れた人、知れない人、紅葉のもとにも文学に興味をもつ多くの若者たちが集まった。この時期『読売』が文学新聞を標榜できたのは他でもない、盛んに文学に取り組んだ彼らの力があったからだ。新聞と文芸、両者がともに成長するには互いの存在は欠かせなかった。

そして、ここに一人の文芸記者が登場する。紅葉を中心に新聞に群がった集団にまじって、たしかな仕事を残した影の男。その名を堀成之という。

文久三年（一八六三年）、常陸国下館生まれ。故郷の筑波山にちなんで号を紫山と称す。もとより文芸に関心が高く、明治二十三年には紅葉と一つ屋根の下、生活を共にするなど親しく接して、紅葉門下の第一号となった。『読売』に入社したのも紅葉の推薦だったと言われている。三面（社会面）の主任として雑報を多く手がけ、虚々実々の筆運びや妖艶妍麗な文体は『読売』に紫山あり、と競合紙にも知れ渡った。

たとえば、紫山の作と伝わる続き物に「明治豪傑ものがたり」（『読売新聞』明治二十四年七月一日〜十一月二十日）がある。伊藤博文、大隈重信、西郷隆盛、大久保利通、その他多くの政財界人にまつわる短い逸話を連ねたものだ。たしかにどの時代でも、著名人の裏話には強い引きがある。当時の読者は楽しみながら読んだだろう。ただ、いま読んでも大して面白くはない。

むしろ紫山の特質が現われたのは、批評や評論のほうだった。

日ごろから世間の文学現象に目を配る。これはと思う事象があれば、茶々を入れ、鋭く問題点を指摘する。「紫子」の署名で次々と矢を放ち、新聞紙上をにぎわせた。

明治二十四年、こんなことがあった。紅葉グループの顔なじみ、巖谷小波が漣《さざなみ》山人の名で『少年文學　第一　こがね丸』（博文館）を出版する。小波は日頃から書き言葉と話し言葉を近づける言文一致を推進していた。なのに『こがね丸』は文語体で書かれていて、ずいぶんと古めかしい。おかしいではないか。すかさず紫山が批判的に突っ込んだのだ。

「こがね丸的趣向の文章には反て《かへッ》兄《けい》が平生の言文一致最も恰當《かうたう》ならんと信ずれども兄は猶彼《なほかれ》(言文一致)よりも分解《わか》り易しと爲す僕實に兄の意何《いづ》れにあるを知るに苦しむなり」(『読売新聞』明治二十四年三月十二日「少年文學第一編を讀んで漣山人に寄す」紫子)

言文一致の文体は、少年向けの作品にこそ合うはずだ。なのにどうして口語体で書かなかったのか、うんぬん、と……。

たしかに痛いところを突いている。ずばりと言われた小波は青ざめて、何度か紙上で返答するうち、しまいに応ずる言葉に窮してしまう。うん、そうだ、おれの文章はわかりにくかった、申し訳ない、と小波が降参したところで、二人の論争は終止符を打った。

そこで終われば話は早い。しかし紫山はつづけて新たな相手を見つけてくる。次に槍玉にあがったのは正直正太夫、またの名を斎藤緑雨という。緑雨といえば普段から自由きままで言いたい放題、さまざまな事象を批判していた人だが、文学者が劇の舞台に立つことを嘲笑し、みっともないからやめちまえと言っていた。その緑雨について、紫山はとある報道に目を留める。新たな劇団が結成されることが計画され、そこに緑雨が参加するというのだ。あれだけ人を馬鹿にしていた緑雨が自ら演劇に手を染める。いったいどういう料簡だ。紫山は問題を提起した(同年四月四日「正直正太夫演劇の擧あるを聞く」)。

ところが緑雨は、小波と違って血の気が多い。紫山の指摘を受けて立つと、すぐさま強い調子で応酬する。あなた、報道を見たそうだけど、ちゃんと記事を読みたまえ、あれはイタズラの投書を新米記者がうっかり取り上げた誤報じゃないか。そう言って紫山の取材力の低さをあげつらい、

「紫子よ紫子が如き鈍刀《なまくら》にてはまだ〳〵正太夫の首は切れず世間はいつも「叩頭平伏以て謝する」漣にあらず」（同年四月七日「聴けや紫子」）

と反撃を食らわせる。偉そうに指摘した人が逆に返り討ちに遭う。今度は紫山が一本取られた格好だった。

これらの論争を見ると、つくづく思う。記者に求められる資質とは何だろう。論争に勝つことではない。自分のつくる紙面を通して、いかに読者の関心をかき立てるか。何より重要なのはそちらのほうだ。強気に論戦を仕掛けては、ときに勝つ。ときにはやっつけられたりする。それでも厭わずに盛んに記事を書き続ける。意識的にか無意識にか、それを紙上に展開させた紫山は、やはり文芸記者に向いていた。

何より紫山は、決して自分で主役になろうとはしなかった。そこがいい。言うことははっきり言う。しかし、無理に前に出ることはなく、普段から謙虚に身を律する。硯友社にくわしい伊狩章はこう書いている。

「小柄な男で口数も少なく、大体に内気でひかえめなタイプだった」（伊狩章『硯友社と自然主義

の研究』昭和五十年一月・桜楓社刊）

なるほど、そういう性格であれば、紫山が裏方にあって活躍できたのも腑に落ちる。

尾崎紅葉との関係一つとっても、紫山の控え目ぶりは明らかだ。紅葉には泉鏡花、徳田秋声、小栗風葉、柳川春葉のいわゆる「四天王」をはじめとして、数多くの門下がいた。その頃、紅葉は二十代半ば。洟垂れ小僧に毛が生えたようなものである。対して紫山は年の差四つ。下ではない。紫山のほうが四つ上だったのだ。年下の若僧を相手にして、その才能に敬意を払いながら自ら門下に身を置ける。なかなかできることではない。

明治の半ば、紫山は文芸と報道の接触に立ち合った。連載小説の原稿をとり、懸賞小説の企画に関わり、文学新聞『読売』の発展に大きく貢献した。しかし、やがて表舞台から姿を消すと、その業績が顧みられることはなくなった。妹の美知子と保子がそれぞれ堺利彦、大杉栄の妻となったという、縁戚の情報の他には、目を引くような履歴も残っていない。

あまりに陰に隠れているため、紫山に光を当てた書籍はほとんどない。その中で二〇二一年七月に月の輪書林が出した古書目録は、紫山を知るには必読と言っていい。『堀紫山伝』と題されて、その生涯と交友の一端を編集。硯友社の作家や、川上音二郎、北里柴三郎、その他大勢の書簡にまじって、内田魯庵『新編　思い出す人々』、伊藤整『日本文壇史』などからの引用文も載っている。子息の堀秀夫が『変動の時代　私の覚え書き』（平成元年九月・雇用問題研究会刊）という回想記を出していることも、私はこの目録で知った。ありがたい。

当時の新聞界は人の動きが激しかった。紫山も明治二十九年に『読売』を離れて『大阪朝日』へ移り、いったん『読売』に復社したのち『中央新聞』『二六新報』などを渡り歩く。しかしその後は医学出版を試みたものの大失敗。書きものの仕事もジリ貧に陥り、経済的にはかなり苦しい生活を送ったという。

紫山について息子の秀夫が書いている。

「文筆家であったにもかかわらず、揮毫した遺墨や多少の遺品のほかは、何も記録らしいものを残しておいてくれなかった」（堀秀夫『変動の時代』）

記者を辞めたあとは逼塞し、決して華やかではない晩年だった。しかし見方によっては、さっぱりしていてすがしくもある。おのれの事績には執着しない。黒子の立場を黙して受け入れる。まさに文芸記者の鑑のような人だった。

二、嶋田青峰（国民新聞）

振り回される人

新聞と文芸、その関わりは一様《いちよう》ではない。明治時代の草創期、試行錯誤の新聞紙上で、さまざまな文芸が芽をふいた。政治的な主張を説く論説や評論。読者の興味をそそる読み物のたぐい。そして紙面の片隅にそっと根を生やした短歌や俳句……。

そうだ、俳句だ。近代文学の歴史を見たときに、新聞で花開いたジャンルの一つに俳句がある。明治の半ば、その普及を推進したのが新聞記者だったことを見ても、両者の親和性がいかに高かったかがよくわかる。俳句革新の立役者、正岡子規は『日本』と題する新聞で記者を務める人だった。

正確にいうと子規の活動は帝大生の頃までさかのぼる。在学中の明治二十五年（一八九二年）、『日本』紙上に「獺祭書屋俳話」を連載した。子規は書く。いまの俳諧はどれも古い。みんな

嶋田青峰『青峰集』

屁鉾で月並だ。……上の世代にやたらと噛みつき、俳句を芸術にするためにはどうするか、写生の徹底に尽きるのだと主張する。『日本』紙に入社して記者になると、さっそく明治二十六年に俳句欄を設置して、自ら選を担当した。

こうした子規の動きは、故郷の松山にも波及した。われらも子規に続け、とばかりに俳句革新に共鳴する人たちが、明治三十年、一つの雑誌を創刊する。『ほとゝぎす』。のちに『ホトトギス』と表記が変わるが、子規の協力を得てこちらも俳壇に一派をなす。

その頃、子規の可愛がっていた後輩に河東碧梧桐と高浜虚子がいる。明治三十五年、子規が三十四歳で没すると、『日本』の俳句欄は碧梧桐が、『ホトトギス』は虚子が、それぞれ受け継いだ。以来日本の俳壇は、ときに派閥をつくり、ときに喧嘩を起こしながら分裂と発展を遂げることになるが、その過程のなかで俳壇の動きと絡み合い、新聞文芸の歴史に楔を打ち込むメディアが現われる。

明治四十一年秋のこと、『国民新聞』が高浜虚子を部長に迎えて文学専門の部署をつくったのだ。

当時、『国民新聞』は俳句欄の選者に虚子を据え、『日本』紙と並んで俳人の檜舞台となっていた。政治部長だった吉野左衛門もまた俳句をよく詠み、俳人としての顔を持っていたが、その吉野が虚子に声をかける。うちの新聞にはもっと文芸が必要だ、どうだ力を貸してくれないかと。文芸全般、とくに小説に関心を寄せていた虚子は、そうか、そんなに言うならまあ、とまんざらでもなく、俳句の選者は松根東洋城に替ってもらい、文芸欄づくりを引き受けた。小説、評論の他、文壇の消息などを日々の紙面に掲載する。いわば、いまの文化欄の原型ともいうべき構成を考えた。しかし、とうてい一人では手が足りない。新聞社のほうでも一室設けて、二人の若者が補助に就いた。

文芸欄の創設を告げる記事に、その名前が出ている。

「此欄を擔任するもの虚子、春像、青峰。」（『国民新聞』明治四十一年九月二十五日）

虚子はわかる。春像と青峰とはいったい誰だろう。

春像は、本名を東俊造といった。別号の「草水」でも知られる人で、虚子とは同郷愛媛の生まれ。学生時代には投書雑誌の『文庫』に詩を送り、明治四十一年、編集者として実業之日本社に入社する。『国民』の文芸欄を手伝ったときも、ちょうど同社に勤めており、当時を回顧した虚子の言葉によると「實業之日本社から東草水を借りて來て、先づ陣容を整へることにな」ったのだという（『虚子自傳』昭和三十年四月・朝日新聞社刊）。いわば助っ人のようなものだったと推察され、事実、一年足らずで文芸部を抜けた。同紙での仕事もほぼ残っていない。

対して青峰は、その後にわたって文芸記者としての足跡をはっきり残した人だ。本名は嶋田賢平。「島田」とも表記する。東草水と同じく明治十五年の生まれで、早稲田大学に学んだのちにいったんは教師となる。しかし知り合いだった土肥春曙の口利きで『国民』入社を望んだところ、運よく時機が重なって虚子との面談が叶い、すぐさま採用が決定した。

記者として働くなら雅号が欲しい。ということで急きょ考えたのが「青峰」の号だった。故郷三重県志摩の名刹「青峰山正福寺」から採ったものだが、思いつきが功を奏して、結局これを終生使う。

慣れない職場にあたふたしながら青峰は仕事に勤しんだ。虚子との交流は密接になり、俳句のみならず生活態度も学ぶところが多く、日ごとに虚子への傾倒を深めていく。対して虚子のほうも誠実に仕事をこなす青峰を信頼した。二人の力が結び合って『国民』の文芸欄も順調に推移するかと思われたが、思いもかけずに事態は難所に差しかかる。およそ二年を過ぎた頃、虚子が文芸部長を辞めると言い出したのだ。

辞任の理由はいくつかあった。子規から受け継いだ『ホトトギス』の経営が危うくなったので、そちらに専念したい。あるいは、社主の徳富蘇峰が口出ししてきて煩わしくなった。などなど。……辞めたくなったのなら仕方ない。誰も虚子の決意をなじる権利はないが、しかし虚子に去られて困ったのが残された者たちだ。梯子を外されたも同然だった。

そのまま文芸欄が廃止されてもおかしくなかった。ところがここで大胆な人事が下される。代わって青峰が文芸部長を任されたのだ。記者になってほんの二年。このときわずか二十八歳。特別な実績は何もない。大丈夫なのか文芸部。

青峰の仕事は一気に増えた。自ら多くの評論・時評も手がけ、その一部は『文藝時評大系大正篇』（ゆまに書房刊）各巻に収められている。読んでみると、おおよそ淡々としてそつがないが、よほどの激務に嫌気が差したか、こんな愚痴をこぼしている。

「月の初めになると、私の案頭には新刊の雑誌が堆《うづたか》く積まれる。それを手に取つて見るさへ近頃は可也《かなり》の努力がいるやうに思はれて來た。出來ることなら此等と全く絶縁したいと思ふことさへある」(『国民新聞』大正三年四月八日「文藝界雑記」青峰)

自分の仕事に満足だったか。早く辞めたいと思っていたか。心の内はわからない。ただ少なくともこれだけは言い切れる。目の前の仕事をコツコツとこなす青峰の勤勉さがなければ、『国民』紙上に文芸欄は残らなかった。

誠実で、真面目で、物静か。切った張ったの騒がしさとは対極にあるような青峰だったが、なぜかトラブルとは縁があった。頼みの虚子がいきなり文芸部を辞めたこともその一つだが、大正五年(一九一六年)、虚子に絡んでさらに大きないざこざが『国民』文芸部に降りかかる。俳句欄の選者に関して揉め事が起きたのだ。

かつて虚子が文芸部長になるとき、選者は松根東洋城に託された。ところが、その交替はまもなく支持者離れを起こして、投句数がにわかに激減。これが新聞社内でも問題視されて、東洋城は視野が狭い、見知った人の句ばかり採用している、やっぱり虚子に戻ってもらおうと、再交替の意見が噴出する。しかし虚子はやりたくないと断固拒否。東洋城のほうも自ら続投を希望する。三者三様、それぞれの思惑が交錯してどうなることかと思われたところ、最終的には新聞社の思いが通り、大正五年四月、選者は再び虚子に変更された。

収まらなかったのが東洋城だ。そもそも自分に依頼したのは虚子ではないか。それが自分に了解もとらずに返り咲くとは何事か。憤怒のうちに「怒る事知つてあれども水温む」（『渋柿』同年五月）と詠んで、以後虚子とは一切の縁を断つ。村山古郷が『大正俳壇史』（昭和五十五年十一月・角川書店刊）で語る「国民俳壇選者交替劇」の一件である。

もちろん青峰も無縁ではない。『国民』では文芸部の責任者を務めながら、虚子に頼まれて『ホトトギス』の編集にも携わっていたからだ。『国民』の編集局長、伊達源一郎の命を受けて、会社と虚子との面談を手配したのも青峰で、そのときの様子を『ホトトギス』に書いている（大正四年四月号「馬鹿らしい誤伝」青峰）。「虚子が国民新聞の俳句の選を東洋城から取戻さうとした、といふ噂」があるらしいが、それは誤りだ、ときっぱり主張した。

しかし、青峰自身はどうしたかったのか。虚子に引き受けてもらいたいのか。東洋城に続けてほしかったのか。いまいちよくわからない。

虚子は『国民』に対して二つの条件を出した。一つ、東洋城には新聞社のほうで話を付けること。二つ、選者を務めるには助手が必要なので、相応の報酬を出してもらいたいこと。その話を紹介したあとで青峰の文章はこう続く。

「會見は終つたが、この條件に對して國民の方では何等の回答がなかつた。私なども其後何事

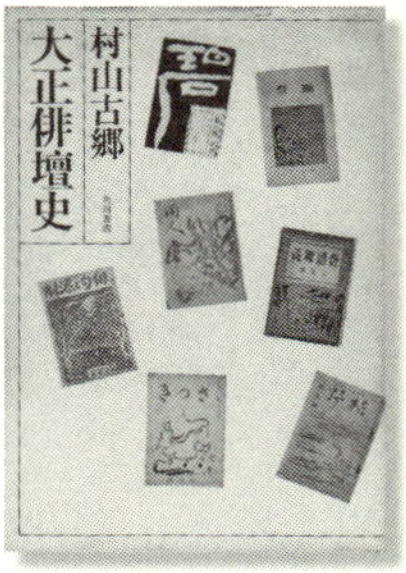

村山古郷『大正俳壇史』

をも聞かない。そして國民の俳句は從前の通り引續いて紙上に出てゐる。東洋城氏が孜々として其の選に當つてゐられる。」（「馬鹿らしい誤伝」）

まるで他人事のように言っている。揉め事には関わりたくない。そんな思いも伝わってくる。とにかく穏便な決着を探りたい。そこがいかにも青峰らしかった。

以来昭和三年（一九二八年）まで、青峰は文芸部で働いたが、温厚で控え目な人柄はずっと変わらなかった。詩人の坂井徳三は「島田さんは、たいへん柔かで、おとなしく、純で、場合によつては消極的すぎまた無氣力にさえ思われることがあつた」（『不同調』昭和二十三年七月号、サカイ・トクゾウ名義の文章）と言った。自分の意思を抑えて、縁の下にいることを良とする。たしかにそういう人がいなければ組織は円滑に回らない。新聞の文芸部も例外ではなく、青峰のような性格は、うまく文芸記者として生きたのだ。

……と、ここで終ってもいいのだが、さすがにそれでは不足がすぎる。青峰の名は、文芸記者としてではなく、その後の生涯で知られているからだ。昭和三年に『国民新聞』を退社した後、主宰する俳誌『土上』を中心に俳句の道を突き進む。やがて同誌は、坂本三鐸や秋元地平線（秋元不死男）など、若い同人たちの手で新興俳句の動きに同調したが、青峰は無下に押さえつけることなく寛容に見守ったという。しかし新興俳句を弾圧しようとする時の官憲に目をつけられて、『土上』もその波をもろにかぶり、昭和十六年、主宰の青峰は治安維持法で検挙された。獄中でからだを壊して血を吐き、しばらくして釈放されたものの病状は回復せず、昭和十九年に死去。まわりに振り回される人生を、こうして終えた。

生前の一冊に『青峰集』（大正十四年八月・春陽堂刊）がある。青峰が初めて出した句文集で、巻頭には自題として一句掲げられた。光が照りつける場所ではなく、日陰を好んで歩こうとした青峰の人物像は、そこに凝縮されていると言っていい。最後に挙げて締めとしたい。

「わが影や冬の夜道を面伏せて」

三、森田草平（東京朝日新聞）

怒られ通しの人

明治四十一年（一九〇八年）『国民新聞』が文芸欄を始めた影響は、他の新聞にも波及した。とくに明らかだったのは『東京朝日新聞』の変革である。

話は数年さかのぼる。明治三十八年の年明けの頃、高浜虚子が主宰する『ホトトギス』に一つの小説が載った。題名は「吾輩は猫である」。作者の夏目漱石はそのとき帝大の講師だったが、面白い小説を書くやつがいると一躍好評を得たところから、彼の人生が大きく変わる。『新小説』『中央公論』などにも小説を書き、『報知』『国民』『読売』からも注文がくる。さらに『読売』からは、給料を出すので文芸担当の社員になってほしいとも誘われた。結局この話は流れたが、『朝日』のほうでも食指を動かし、条件面での折り合いがついた結果、明治四十年、ついに漱石は朝日の入社を決める。月給二百円。帝大教授になる道を蹴って民間企業を選

森田草平『煤煙』

んだことも文壇界隈で話題を呼んだ。

その後に漱石がどれほど活躍したか。ここでは細かく触れる余裕はない。しかし、その歩みが新聞とともにあったことだけは強調したい。『朝日新聞記者 夏目漱石』（平成六年七月・立風書房刊）、『新聞記者 夏目漱石』（牧村健一郎、平成十七年六月・平凡社新書）、『編集者 漱石』（長谷川郁夫、平成三十年六月・新潮社刊）などなど、そこにスポットを当てた本もいくつかある。世の中に浸透しはじめた新たなメディアに、漱石も魅力を感じたのだろう。事実、新聞なくして漱石の作家人生はあり得なかった。

『朝日新聞記者 夏目漱石』

『朝日』に入ってまもなくの頃、漱石はとある話を耳にする。友人の虚子が『国民』の文芸部長を引き受けたというのだ。そうか、おれも若い連中と紙面をつくってみたい。漱石はウズウズした。重役陣にかけあって、新たな企画の了承を取り付けると、『東京朝日新聞』に文芸欄を新設。芸術に関する記事を定期的に載せはじめる。明治四十二年十一月二十五日のことだった。

しかし、とかくに人の世は住みにくい。結局この企画はわずか二年足らずで打ち切られた。なぜか。明治四十三年八月、漱石は伊豆で血を吐き、重体に陥った。徐々に回復したものの、それが文芸欄の存続に影響したのは間違いない。ただ最大の原因は別のところにあった。実務を任せたのが弟子の森田草平だったことだ。

本名、森田米松。明治十四年生まれ。東京帝大在学中に自作の批評を乞うて以来、漱石の優しさに惚れ込んで門下の一人となる。性格は、よくいえば直情径行、はっきりいうと軽はずみ。自己中心的で近視眼。こんな弟子の、何を見込んで記者などやらせたのだろう。漱石だって人間だ、たまには判断ミスもする、ということか。

草平の問題児ぶりは、文芸欄をつくる前から漱石の悩みの種だった。明治四十年、草平は女学生を対象とする閨秀文学会という集まりで講師を務めていた。二十七歳で妻子もいたが、そんなことは関係ない。会で知り合った聴講生の平塚明子《はるこ》と親密になると、お互いに観念的なインテリだったせいで妙な展開を生み、栃木県の塩原で心中する直前まで行ってしまう。地元の警察に保護されて一命はとりとめたものの、二人が高学歴だったこともニュース性を高め、各紙に大きく報じられた。

「本件の如き最高等の教育を受けたる紳士淑女にして彼の愚夫愚婦の痴に傚《なら》へるは實に未曾有の事に屬す、自然主義、性慾滿足主義の最高潮を代表するの珍聞と謂ひつ可し」（『東京朝日新聞』明治四十一年三月二十五日）

ジャーナリズムの餌食となった二人は、人生の急転を迫られた。明子のその後は、ここでは深く追わないが、三年後に雑誌『青鞜』を創刊、平塚らいてうと名乗って「元始女性は太陽であった」とぶち上げる。以来昭和四十六年（一九七一年）に没するまで長いあいだ注目を浴びる運動を実践した。

いっぽう草平もただでは起きない。しばらく蟄居を強いられたが、その間に自身の経験をもとにして小説を構想。すると秋には『東京朝日新聞』への連載が決定する。題名は「煤烟」(のちに『煤煙』)。心中未遂が三月のことだから、半年ほどしか経っていない。

新聞にはこんな予告が出た。

「今春森田文學士が平塚明子と相携へて雪中、鹽原の奥なる尾花ヶ峠に入るや満都の新紙筆を齊《そろ》へて之を詳報し一時天下の耳目を驚かした、(引用者中略)今、森田文學士自ら靈筆を揮つて此の一長篇を作り時代黒潮に漂へる自家の經歴を寫し、悉く胸底の祕密を披瀝して一片の僞りもない、實に是れ勇猛なる告白、空前の活小説にして併せて男女青年の最新思想を暴露する一大奇書!」(『東京朝日新聞』明治四十一年十二月三日)

煽りに煽っている。ワイドショーを騒がせたタレントが赤裸々に心中を告白、と言っているのと大して変わらない。そもそも勝手に報道したのは誰なのか。自分たち新聞なのだ。それを後から、世を騒がしたと言ってわめいている。メディアのやることは、いつの時代も品がない。

しかし、そういう新聞の特性を逆手にとったのが『東京朝日』の漱石だった。草平に小説の執筆を勧めて、連載をお膳立てしたのは、他でもない漱石だったのだ。新聞のせいで転落しかけた弟子の人生を、あえて新聞を使って立て直そうとする。逆転の発想というか荒療治というか。そう考えると漱石のやり方もなかなかえげつない。

ゴシップ的な素材をうまく活かして「煤煙」の連載はみごとに当たる。読者からの評判も上々で、草平は小説家としての名を上げた。その成功を見ていた漱石は、文芸欄をつくるに際して、自分の下で働く記者に草平を指名する。「あんな事件を起こす人間は採用できない」と朝日の社内では反対されたが、漱石は折れずに我を通した。私的に賃金を払うかたちをとって草平に編集を依頼する。

「煤煙」の好評ですっかり元気になった草平は、師匠からの命を受けて、ますますやる気になった。同じ門下の小宮豊隆と相談を重ねて、一つの方針を打ち立てる。近ごろ自然主義の連中に勢いがある。やつらには『早稲田文学』や『文章世界』といった牙城がある。自分たちもそれに対抗して発表機関が欲しい。よし『朝日』の文芸欄は反自然主義の舞台にしよう、と。

自然主義とは何なのか。『広辞苑』を見るとこうある。

「文学で、理想化を行わず、醜悪・瑣末なものを忌まず、現実をあるがままに写しとることを目標とする立場。」

つまりはどういうことなのか。小難しくてよくわからない。ただ、定義はともかく、フランスを中心に起こった芸術運動が日本でも受容され、島崎藤村『破戒』(明治三十九年)や田山花袋『蒲団』(明治四十年)など、いくつもの実作が続いた結果、明治四十年前後、ちょうどその勢いが文壇を席捲していたのだ。流行りに便乗して盛り上がる自然主義のブーム。それが草平には気に食わなかった。

文芸欄の執筆者は、最初のうちは漱石が中心になって選び、原稿も漱石がチェックした。ところが始まって数か月で漱石に大病が襲いかかる。おのずと編集に緩みが出る。草平の独断が増えていき、漱石の知らない原稿までが載り始める。

たとえば、草平の書いた「吾等は新しきものゝ味方なり」がその一つだ。

「吾等の求むる新しきものとは、新しからざるべからずして新しきもので無ければ成らぬ。眞に新しきもので無ければ成らぬ。徒らに新奇を衒《てら》ひて、何の覺悟も内省もなく、風のまに〳〵吹きまくらるゝやうな、近頃文壇の一部に生じた傾向は、終に吾等と相距ること遠きものである。」（『東京朝日新聞』明治四十四年一月三日、草平）

やたらと威勢がいい。「近頃の文壇」を攻撃したくて仕方ない気持ちがもろに出ている。これを読んだ漱石は眉をしかめて、すぐさま草平に葉書を送った。

「正月早々苦情を申候。（引用者中略）我等は新らしきものゝ味方なる故敢て苦言を呈し候。朝日文藝欄にはあゝ云ふ種類のもの不似合かと存候」（漱石から草平宛、明治四十四年一月三日付）

暴走する弟子。心配する師匠。心中未遂に続いて、またもこの構図が『朝日』の文芸欄に影を落とす。

注意されても草平がまるで反省しないのだから、余計に忌々《いまいま》しい。一か月ほどして今度は衛藤東田の「『新ラオコオン』について」なる原稿を勝手に載せた。紙面で読んだ漱石はまた怒る。

「出来得る限り以来こんなもの没書可被成候。」（同年二月十三日付）

怒られる。でも勝手にやる。また叱られる。師弟のギクシャクした関係はこの辺りから表面化していった、とも言われている。

まもなく草平は、再び連載小説を任された。内容を「煤煙」の後日譚と決めて、「自叙傳」のタイトルで四月二十七日から開始する。ところが「煤煙」ほど評判が上がらない。心中未遂から早三年。読者の関心も冷めて当然だった。社内でも草平や文芸欄に対する非難の声が上がり始め、漱石をかばう池辺三山（主筆）が、弓削田秋江（外勤部長）と大ゲンカ。結局、漱石が文芸欄の廃止を申し出て、明治四十四年十月、あっけなく幕を閉じた。

元凶ともいえる草平は、のちに当時の心境を振り返っている。

「折角先生が私のために社の意向に反してまで、わざ〳〵職場を作つて下さつたのを身に沁みて有難いとも思はず、奮勵して社の意向を迎へるやうな、換言すれば編輯部から見てもその存在を無視することの出來ないやうな、立派な文藝欄を作るといふ擧に出なかつた――そこに（引用者注・文藝欄廃止の）主たる原因があると、私は信ずるものである。」

「私自身から云へば、文藝欄の廢止と聞いて、實はほつとした。來る時が來たと思つただけである。」（『續夏目漱石』昭和十八年十一月・甲鳥書林刊）

ほっとした、とは……。さんざん師匠に迷惑をかけながら、よくもこんなことが言えたものだ。もはや救いようがない。

何者でもなかった青年が新聞でスキャンダラスに扱われ、その後、新聞小説で有名に。さらに文芸記者にまでなったのも束の間に、奔放にやりすぎて師匠の企画をぶっ壊す。どの時代でも、こんな破格な記者は見たことがない。いま同じような人が出てきたら、きっと新聞の文芸欄も面白くなるだろう。ただ、できることなら一緒に仕事はしたくない。

四、柴田勝衛（時事新報、読売新聞）

文学に踏み止まらない人

ヨハン・ボーヤル『世界の顔』

明治から大正にかけて、どれだけの作家が現われたか。何十人か。何百人か。いちいち数えたことはないが、そのうちの多くの人が新聞記者を経験した。はなからジャーナリストを志望した人もいる。乞われて働いた人もいる。だが、食うための手段として、ひとまず記者になったという例も少なくない。

文学を仕事にする。その環境が社会に定着していく背景に、新聞の存在があったのは間違いない。山本芳明の『カネと文学　日本近代文学の経済史』（平成二十五年三月・新潮選書）は、文士の収入がどのように変遷したのか、いろいろとわかって面白い本だが、それを読むと坪内逍遙の書いた「文學と報酬」という文章が紹介されている。

「方今文學を一種の營業として成立たしめんとせば、新聞紙、雑誌の記者たるにますものなか

るべし。主筆記者、又は小説の主筆となりて、相應の生計を營める者多し、」（『文學その折々』明治二十九年九月・春陽堂刊）

「多し」とある。明治も半ばのこの時期は、文士の卵が新聞社で働くのは当たり前だったというわけだ。たとえば『読売新聞』は明治二十年（一八八七年）に「文学新聞」を標榜したが、そこでは島村抱月、徳田秋声、正宗白鳥、上司小剣《かみつかさしょうけん》といった人たちが文芸記者として働き、のちに筆一本で独り立ちした。

　原稿料を頼りに暮らすのか。それとも会社を辞めずに俸給生活を続けるのか。多くの記者たちがこの問題に直面した。それぞれの事情もある上に、社会の情勢も変化がめまぐるしい。大正三年（一九一四年）から七年にかけて起こった第一次世界大戦を経て、日本は本格的な資本主義経済に突入。新聞メディアも続々と株式会社となった。こうした背景もあって、文芸記者も過渡期を迎える。

『読売新聞』では大正八年に経営陣が一新した。社長には『東京朝日新聞』で編集局長をしていた松山忠二郎が就任し、事業の見直しに手をつける。当時、東京市下で売れていたのは『報知新聞』『時事新報』『国民新聞』の三紙で、いずれも発行部数は三十万部以上。『東京朝日新聞』『東京日日新聞』がそれに続き、『読売』は三万部台と低迷していた。政治部、経済部はもちろんのこと、文芸部もまた立て直しがせまられた。目指したのは内容の充実……要するに、売れるための紙面づくりだった。

そこで二人の記者が登場する。ともに『時事新報』で働く敏腕だったが、『読売』に引き抜かれて文芸欄の再生を託されたのだ。

一人は千葉亀雄、四十一歳。すでに何紙も渡り歩いてきたベテランである。異常なほどの読書の虫で、『時事』では社会部長を務めながら文芸面にも影響力を持った。また文芸評論家としての顔を持ち、海外文学にも詳しく、新人発掘に熱心だったことでも知られている。

もう一人は柴田勝衛。「柴田柴庵」名義の文もある。千葉に比べて知名度は劣るが、かなりの遣り手だったのは間違いない。『時事』にいた頃には、「新しい女」として注目を浴びた平塚らいてうのもとに通い、森田草平と起こした心中未遂を、女性の側から書いてみませんかと持ち掛けた。らいてうは振り返る。

「食べるための必要から、生まれてはじめて小説というものを、ここに書きはじめました。「時事新報」に連載された「峠」という小説がそれですが、それは前年、御宿に滞在中、訪ねて来た「時事新報」の記者との交渉のなかから生まれたことでした。」「柴田勝衛とかいった記者ですが、わたくしに子どもが出来て東京に居られなくなり旅に出たものらしい、そのすっぱ抜き記事でもというつもりで、わざわざやって来たのでした。」（『元始、女性は太陽であった 下巻——平塚らいてう自伝』昭和四十六年九月・大月書店刊）

らいてうの「峠」は大正四年四月一日に連載が始まった。作者の悪阻《つわり》がひどくてすぐに中断、そのまま未完となったものの、乗り気でなかったらいてうに小説を書かせてしまった柴田の手腕は明らかだった。抜け目ない記者だったことがよくわかる。

また『時事』の紙上では、いくつか論争も起きた。沼波瓊音《ぬなみけいおん》と斎藤茂吉、あるいは大杉栄と茅原華山がお互いに意見をぶつけ合ったが、高山辰三『天下泰平 文壇与太物語』（大正四年十二月・牧民社刊）によると、いずれの論争も柴田が焚きつけたものだという。話題になりそうなテーマを見つけると、あえて異を唱えそうな人に会いに行き、反論を書かせて火を燃やす。ゴシップと喧嘩が好きな下衆な人、という感は正直否めない。しかしそれこそ優秀な記者の資質とも言えた。

柴田は千葉より十歳若く、明治二十一年仙台市に生まれた。青山学院高等科を出た後に、教文館で外国図書整理係を務めたが、明治四十五年には上山草人、伊庭孝、松村敏夫と一緒に「近代劇協会」を設立する。同年『時事新報』に入社。すると演劇人ではなく文芸記者として、じわじわと頭角を現わした。人の文学活動を脇から囃し立てるのが柴田の性に合っていたのだ。

ひらめくアイデアも冴えていた。大正四年、柴田が社の幹部に提案した企画がある。タブロイド型の週刊誌を出してはどうだろうかと。それまで週刊誌を手がけた版元はいくつかある。しかしいずれも日本では根付かなかった。なぜか。執筆者の確保、配送や輸送、代金回収の課題があったからだ。新聞社であればそれらすべてが解決できる。絶対成功する。柴田は訴えた。しかしこの案はあっさりと却下され、柴田勝衛、出版史に名を残す機会をみすみす逃す。結局、他の新聞社が『サンデー毎日』と『週刊朝日』を創刊したのは、それから七年後のことだった。

大正八年、千葉と柴田は『時事』を離れて『読売』に移ることになった。どういう経緯があったのか。詳しい事情はよくわからない。柴田の思いも藪の中だが、このとき一緒に行くはずだった『時事』の記者がいた。彼が当時の話を書き残している。

「この年（引用者注・大正八年）の八月、千葉龜雄氏と柴田勝衞氏とは讀賣新聞社の方へ移つて行つた。ぼくはこの二人に仕込れた記者で共に讀賣の方へ從つて行く筈のところ、氣が變つて一人で時事新報社に居殘つた。何故氣が變つたかと云ふと、あまりに烈しいジヤナリズムの今後の仕事の方針主張などつぶさに聞いて、とても叶はんと思つたから。」「ぼくは心から新聞記者にはなれなんだ。つまり文學に踏止つたのだ。」（瀧井孝作「文學的自叙傳」、『新潮』昭和十一年五月号）

瀧井孝作は『時事』の記者として千葉や柴田の後輩にあたる。文学を志しながら記者稼業を務めていたが、二人が『読売』でやろうとしていることを「あまりに烈しいジャーナリズム」と受け止めた。もはや柴田たちの向かう先は「文学」ではない、と感じたのだ。

ここに文芸記者の大きな分岐点があった。文学者になるための入口と見るか。それとも、まるで別物の仲間と見るか。……瀧井は前者に執着したが、柴田は後者のほうへと一歩を踏み出した。

たしかに柴田は海外文学や演劇など文芸の世界から出発した人だ。しかし文芸記者として働くうちに、興味の範囲も変わっていったのだろう。とくにこの時代、生産と購買が軋み合って経済の規模も急拡大、文学の環境は激しく揺れた。ラジオや映画の普及に伴って文学は大衆化が進む。作家たちも稼げるようになって職業化する。そのなかで柴田は、多くの人に読まれるための新聞をつくる、という道を自ら選んだのだ。

大正から昭和はじめの文芸界。『読売』に移った柴田は、読者の心に響きそうなテーマは何かないかと頭をひねる。『讀賣新聞八十年史』（昭和三十年十二月刊）によると、ここで柴田が入れ込んだものがある。プロレタリア文学だ。

当時の言葉では「プロレタリア文学」ではなく「第四階級の文学」という。第一階級が国王や聖職者、第二が貴族、その下に市民（ブルジョア）階級が位置して、それよりさらに下の層……近代社会が生んだ労働者階級＝プロレタリアートが生み出す文学のことだ。大正十年に小牧近江らが『種蒔く人』を創刊して、社会主義の文学に新局面を切り開いたが、柴田は彼らに接近し、動きはじめたこの活動を積極的に取り上げる。大正十一年元日、有島武郎からとった談話を「第四階級の藝術 其の芽生と伸展を期す」として載せると、長谷川如是閑、平林初之輔、宮島資夫、青野季吉、そういった人たちにぞくぞくと評論を依頼した。

いまをときめく文学を、読者に向けて発信する。文芸記者の王道とも言える仕事に、柴田は力を入れて取り組んだ。なぜ「第四階級の文学」を後押しするのか。自身、かなりの熱意でこう書いている。

「日本の新聞界にだつて目醒めた経營者もをれば、また目醒めた記者もをる。それに第一、時代が此處まで轉換して來てゐる以上、目醒めた讀者だつて澤山ゐる。」「路は已に一つである。現代ジヤーナリズムの左傾は、其の路の上に見出されよう。」（「ジヤーナリズムの現状——ジャーナリズム左傾への一廻轉期——」、『早稲田文学』大正十年十二月号）

そうだ、文芸はいつでも社会とつながっている。柴田の意気込みが功を奏して『読売』の文芸欄は次第に活気を取り戻す。その影響もあったのだろう、販売部数も上向きに転じたという。仕事の成果は人事の評価に表われる。みるみる柴田は出世した。五十五歳の定年が一般的だった時代、その年齢まで禄を食み、文芸部長、編集局長、そして顧問、審査委員会委員長と歴任する。こうなると、もはや文学の道を歩んだ人とは呼びようがない。文学に踏み止まらずジャーナリストの資質を活かして、常に文学を横から眺める仕事に終始した。

もとは文学者を目指していた人だ。迷いや悩みもあっただろう。自らは文学の運動に参加せずに、煽動したりけしかけたり、脇役に徹して高給を得る。はたから見ると、なかなか尊敬しづらい人生だが、本人はどう思っていたのか。柴田には自分を語った文章がほとんどなく、心の内はわからない。ただ、戦後、公職追放を受けて京都府の山奥に暮らし、ノルウェイの作家ヨハン・ボーヤルの『世界の顔』（昭和二十九年九月・寿星社刊）、『オスローの乙女』（昭和三十二年六月・萬里閣新社刊）を訳した姿からは、自らも文学者でありたいという思いがひしひしと伝わってくる。少なくとも、売れる売れないという仕事を超えて文学に心を寄せた人なのだろうと思う。

五、伊藤みはる（都新聞）

庶民に目線を合わせた人たち

難しい話は読みたくない。そう思う人は多いはずだ。明治・大正の時代でもさほど事情に違いはなく、軽い話を好んで求める世俗の市民は多かった。男と女の恋のこと。芸能人の動静や、肩の凝らない馬鹿話。そんな記事をふんだんに載せて、部数を伸ばした新聞がある。『都新聞』という。

創刊したのは明治十七年（一八八四年）。もとは『今日新聞』という名の夕刊紙で、その日に起きた出来事を夕方に報じる建前で始まった。硬い話よりも社会風俗を扱う記事に強みを見せ、花柳界、いわゆる「夜の世界」で働く人たちに圧倒的な支持を受ける。連載小説も売りの一つで、その多くは『都』に勤める社員自身が執筆した。黒岩涙香は探偵物、渡辺黙禅は幕末物、吉見蒲州は艶《つや》ダネと呼ばれる男女の人情物で大活躍。文学的には低俗と見なされながら、そん

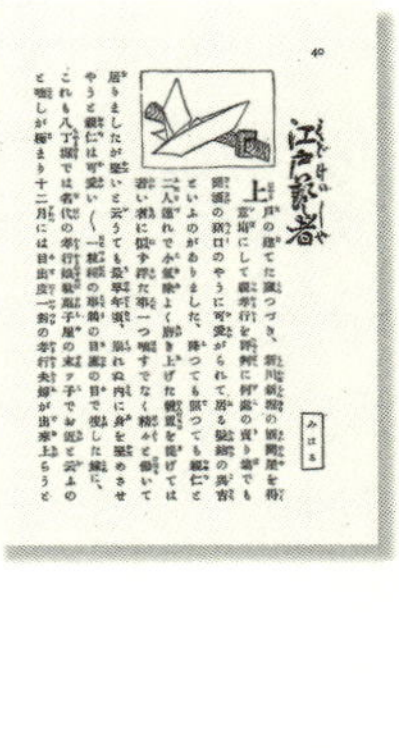

『みやこ講話　男と女』報文館明治四十四年刊より

なこと知ったことかと、他紙にはない独自の路線をひた走る。

社風というのは不思議なものだ。『都』のもとには異才奇才がぞくぞく集まり、明治四十年頃には力ある記者たちが社会部の中にひしめいた。伊原青々園は切れ味するどい劇評を書く。遅塚麗水は紀行文で読者を酔わす。そこに二十代の書き手たちが加わって百花繚乱。中里介山、平山蘆江、伊藤みはる、石割獏人、倉富砂邱、山野芋作、少し遅れて寺沢琴風。……いずれも演芸記者、花柳記者、はたまた探訪記者と、純粋な文芸記者ではない。だが、揃いも揃って小説を書く腕があり、そのおかげでここから新しい文芸が育つのだ。油断できない。

『都』の紙面は構成も独特だった。第一面に、読者の投書と記者の回答、随筆評論、連載小説など、読み物がたくさん載っている。その一面を主に担当したのが中里弥之助（筆名介山）だ。明治十八年東京都羽村生まれ。いくつかの職を経たのち、明治三十九年『都』に入社すると、自身でもいくつかの小説を発表する。大正二年（一九一三年）九月にはのちに長大な物語に膨らむ時代物「大菩薩峠」の連載を始めて読者の心をつかんだが、反骨心が人一倍強く、軽薄なジャーナリズムが大嫌い。『都』社会部でも同僚を相手にしばしば揉めた。

明治四十三年、入社したての石割松太郎（筆名獏人）が「洗髪のお妻」を連載した。名妓と言われた吉田屋小妻の情事遍歴を語ったもので、十五世市村羽左衛門だの西郷従道だの、俳優や政治家・軍人の実名がばんばん飛び出す暴露物だった。ゴシップに目のない読者はたくさんいる。たちまち世間でも評判になったが、そこに介山が水を差したのだ。

何が名妓だ、たかが厚顔無恥の妖婦じゃないか、という読者の投稿を介山は一面で取り上げる。その上で、まったくおっしゃる通りと賛意を示し、

「賛《ほ》むべからざることを持ち上げる者、賤しむ可きことを自慢顔に吹聴する馬鹿者、夫等を名士の名妓のと騒ぎ立てるは哂う可き無見識です」（明治四十三年五月七日）

と見得を切った（土方正巳『都新聞史』平成三年十一月・日本図書センター刊）。遠慮も容赦もないこの言い方が、介山らしくて面白い。しかしこう言われてしまうと作者の獏人はカチンとくる。こんな奴と働けるか。憤然と言い放って社を辞めた。

どちらが悪いということはない。むしろ一般的に受けがよかったのは、石割獏人のような作風だった。男女の情話は『都』にとっても看板商品で、もしも介山みたいな石頭ばかりだったら『都』の人気は低迷しただろう。

たとえば、明治四十三年に始まった「みやこ講話」という欄がある。一週につき一話ずつ、何人かの社員が入れ替わりで担当した。内容は男と女の惚れた腫れたを短い物語に仕立てたもので、それぞれの記者が腕によりをかけ、創作技術を磨く修業の場になった。

そこで実力を発揮した一人に平山壮太郎（筆名蘆江）がいる。演芸や花街を深く愛し、その点、堅物の介山とはソリが合わなかったが、仕事はさぼらずにきちんとやる。しかし同じくらい外でも遊ぶ。庶民に目線を合わせた感覚が文章に滲み出て、やがて『都』の花形となった。長谷川伸二郎も、たびたび「みやこ講話」を手がけた記者だった。当時の筆名は山野芋作。

のちに長谷川伸と名乗って長く小説や戯曲を発表した。その素地に『都』時代の記者稼業があったのは間違いない。

他に寺沢弁吉（筆名琴風）という人もいる。「素浪人」の名で川柳も詠み、多くの小説や芝居を世に出した。長谷川伸によれば「多作にてはありしかど代表作はなかりし、戯曲も書きしが素人の域を出でず」（「大衆小説の誕生記」、『材料ぶくろ』昭和三十一年四月・青蛙房刊）と言われていて、たしかに、いま寺沢の作品を読む人はまずいない。しかし、長く読まれないことは、決して無価値と同義ではない。

「みやこ講話」の常連に伊藤みはるという記者がいた。彼もまた、いまでは完全に消えてしまった作家だが、当時の『都』で最も輝いていたのは、他でもなく実はこの人だった。探訪記事や艶ダネの読み物など八面六臂の活躍で、『都』らしい読み物文化を牽引する重要な記者だったと言っていい。

名は「御春」とも書く。本名万三郎。見た目はいかつい男だが、やたらと風雅な筆名に似合い、蘆江も舌をまく遊び人だった。飲みに行っても店の相場をよく知っていて、その日の手持ちの金に合わせてぴったり飲み食いを楽しんだという。

蘆江とは自然と気が合い、コンビとなって仕事もした。明治四十二年、みはると蘆江は鍋焼きうどん屋に変装して、探訪記事のネタを探しに夜の東京に繰り出した。しかし荷物が多くて、なかなか前に進めない。疲れ果てて商品のうどんを啜っているところを警官に見つかったり、恥かしくて売り声が出なかったり、失敗ばかりのその顚末を記事にしたところ、読者には大好評だった。

みはるの書くものには特徴があった。何事も柔らかく楽しげに。絶対に人を攻撃したりしない。硬い記事を書くのはからきし苦手。しかし男女の情緒を描かせたら『都』でも右に出る者はいなかった。中里介山も、彼の艶ダネは立派な芸術だと語り、長谷川伸は彼にはまるでかなわなかったと脱帽する。みはるの情話を読むために『都』を購読する人もいたというのだから、その人気のほどがうかがい知れるだろう。

例を挙げてみる。みはるの「江戸藝者」（明治四十四年二月十三日）はこんな話だ。髪結の與吉は駄菓子屋のお近との祝言が決まるが、大川に遊びに出かけた折りに、船上で武士と揉めて溺死してしまう。残されたお近。けなげに與吉の父を看病する。しかし実家が貧乏だったためにお金に窮し、芸者の小富に相談して自分も芸妓になる決意をする。まもなく座敷がかかって、いざお近が出向いてみると、小富が客として待っていた。

幕切れは、みはるの名調子をそのまま引く。

「お客は小富、呀《をや》と吃驚《びつくり》して居ると「今日は私はお前さんのお客様だよ處でおちかさん儂《わたし》やお前さんを身受けするのさ、身受けはするがお客が貧乏だから家へ行つて働いてもらはなけあならないの、家にや親が二人あるがどうか面倒を見て貰ひたい」と改めて金を十兩「抱え主の方へも儂《わたし》からお金を拂《つい》て置いたから、さ早く〳〵」と急き立てられ烟《けむ》に捲かれたやうに駕籠に搖られて、届けられた先は岡崎町の實家、ハツとばかりに親子は互に手を執り合ひ、チエツ辱《かたじ》けない、と伏拝みました。」（「江戸藝者」）

小富の粋なはからいで、お近は実の両親のもとに帰してもらった、というオチが付いているわけだ。

言うほど面白いか、と首をかしげてしまう。何といってもいかにも軽い。そうだ、軽いのはたしかなのだが、それがみはるの特長だった。落語や講談のような話を流麗な文章で綴ってみせる。肩ひじ張らずにあっさり読めるところが、当時の読者には好評をもって受け入れられた。

ときに「江戸藝者」が書かれた明治四十四年、大日本雄辯會講談社が新しい雑誌を創刊した。名前は『講談倶樂部』。誌名のとおり講談師たちの協力を仰いで、彼らの口述速記を中心に編集したものだ。最初の数号は苦戦したが徐々に部数も上昇して、利益を上げるまでに成長する。ところが始まって一年余り、大正二年六月に臨時増刊『浪花節十八番』を刊行したところ、思わぬ問題に発展した。浪花節なんて、あんなものを講談と同列に置くとはけしからん、と講談師たちが腹を立て、編集部との関係にひびが入ったのだ。

何でそんなことで……と、いま考えるとあきれてしまうが、せっかく軌道に乗ってきたのに、雑誌をやめるわけにはいかない。何かいい策はないものか。編集部で検討した結果、講談師が駄目なら彼らがいると、代わりに「講談っぽいもの」が書ける『都』の記者たちに執筆依頼が舞い込んだ。

蘆江も伸も琴風も、みなやる気になって原稿を書いた。みはるの作品も評判をとった。おかげで『講談倶樂部』はさらに部数を伸ばし、姉妹誌の『面白倶樂部』（大正五年創刊）も好調に推移。負けてられるかとライバルの『講談雑誌』（博文館、大正四年創刊）も張り合って、それぞれが勢いの波に乗った。当初「新講談」とも呼ばれたこの種の読み物は、やがて「大衆文芸」という新しいムーブメントにつながって大きな流れに膨らんでいく。読者の興味をいかに引くか。そのことに心血を注いだ新聞記者たちが、一つの文学運動の礎となったのだ。俗にまみれた読み物、恐るべしである。

ちなみにその後の伊藤みはるだが、あまりに短い生涯だった。大正十年二月、突然体調を崩してそのまま帰らぬ人となる。享年四十三。世界的に流行したスペイン風邪が死因だったという説もある。大正末期から始まる大衆文芸の隆盛を見ることはできず、もはや残っているのは、一時代にしか通用しない文章で、さらりと軽い話をつくって読者を沸かせた、という逸話しかない。消えるべくして消えた、としか言いようがないが、いっぽうではこうも思う。それ以上『都』の記者に何の勲章が要るだろう。

六、赤井清司（大阪朝日新聞）

記者をやめて花ひらいた人

『會舘藝術』

限られた人たちではなく、多くの読者を想定して生まれた大衆文芸。大正後期のこの頃は、文芸記者の拠って立つ地盤が大きく揺らいだ時期だった。

一九二二年、年号でいうと大正十一年、『旬刊朝日』と『サンデー毎日』が相次いで創刊された。前者はまもなく『週刊朝日』と改題し、週に一度、定期的に発行される本格的な週刊誌がそろって登場したことになる。発行元は大阪朝日新聞社と大阪毎日新聞社。いずれも大阪の新聞社で、最前線にはその社員たちが駆り出された。日刊紙のために働く新聞記者が、なぜか雑誌もつくらされる。似ているようで同じではない新たな仕事が、このとき文芸記者の身にも降りかかったのだ。

単に文芸が好きなだけでは務まらない。読者の好みをさぐり出し、次も買ってみようかと思わせるような書き手を発掘しては、新鮮な企画を打ち立てる。新聞社らしく社会の課題に切り込むような視点も必要だ。週刊誌に移って輝く社員もいた。いっぽうで闇に埋もれる社員も出た。事業の拡大とともに記者の人生もさまざまに割れた。

『旬刊朝日』の創刊で一躍運をつかんだのが赤松静太だった。明治二十六年（一八九三年）岡山県国府村に生まれ、丁稚奉公のかたわら勉学に励み『大阪朝日新聞』に入社したという苦労人。大正十一年当時は社会部に勤め、二十八歳と血気盛んな年頃だった。以前から週刊誌をつくるべきだと上層部に提案していた経緯もあり、立ち上げのときから編集の中心を任されて、勇猛果敢に采配を振るう。何号か編集するうちに、硬いニュースよりも砕けた記事のほうが読者に受けると察知して、文芸・学芸の読み物を優遇する。また自らも小説「水野十郎左衛門」を連載してみたところ、それをきっかけに物書きになる道が開けてしまい、大正十五年、筆一本の生活に入った。筆名を土師《はじ》清二という。その後作家として成功したおかげで回想文を発表する機会も多く、創刊時の状況を知るうえで欠かせない随筆をいくつも書き残した。

彼を光とするならば、『週刊朝日』の影の文芸記者として、どうしても取り上げておきたい人がいる。赤井清司である。赤松（土師）よりも四歳上の学芸部員で、創刊から十年ほど編集部に在籍した。彼もまた、生まれたばかりの週刊誌をどのように成功させるか、悪戦苦闘、懸命に働いた一人のはずだが、言及される機会はとにかく圧倒的に少ない。

たとえばこんな例がある。大正十二年九月、関東で大地震が起きたが、そのとき一人の青年が関西に逃れてきた。清水三十六《さとむ》、のちの山本周五郎である。まだ物書きとして世に出る前のこと、大阪にたどり着いた山本は、『大阪朝日』の本社をわざわざ訪ね、自らの体験が記事にならないかと売り込んだ。するとその場で罹災記を書かされて、稿料二十円を渡される。結局、原稿は活字にならなかったが、しかし本人の記憶にはくっきりと刻まれ、後年、親しい編集者や記者たちに当時の話を語ってみせた。このとき対応した朝日の記者が「アカイ」だった、と山本はいう。

『大阪朝日』のアカイといえば、赤井清司ではないかと推察されるが、長年、山本の伝記を書き続けた木村久邇典は、最後に上梓した本の中で、このように結論づけた。

「後日わたくしは、大正十二年九月一日現在、朝日の大阪本社にアカイ某という記者が在社していたかどうかを、人事部を通じて調べてもらった。しかし、これと確定すべき人物を探しだすことはできなかった。アカイという苗字は山本周五郎の記憶ちがいだったのであろう。」

(『山本周五郎 上巻』平成十二年三月・アールズ出版刊)

山本周五郎に初めて稿料を渡したのが誰だったのか。事実はいまでもわからない。しかし『週刊朝日』にいた学芸記者、赤井のことはきれいさっぱり無視されている。人事の記録にひっかからないほどの、この存在感の薄さ。どんな記者だったのか、余計に気になってくる。

明治二十二年、大阪府四宮村上馬伏(現・門真《かどま》市)の地に赤井は生まれた。父は上馬伏の戸長を務めた赤井伊重郎で、日頃から絵を描き、謡曲をたしなむ田舎大尽だった。その影響を受けた息子の赤井も美術や芸能、そして文学に親しんで育ち、同志社大学英文科を出たのが二十七歳のとき。翌大正六年に『大阪朝日』に入社する。

学芸部に入った赤井は、画壇や文壇を熱心に動き回る。その仕事にもちょうど慣れた頃に創刊されたのが『週刊朝日』だった。赤井自身が望んだ異動なのか、事情はもはやわからない。ただ、新たな雑誌の編集部に入ったことで人生の流れが確かに変わり出す。年次や年齢でいえば赤井が上に立ってもおかしくなかったが、実際は社会部出身の赤松が編集を仕切り、赤井は影の存在に甘んじた。

やがて赤井に東京転勤の辞令が下される。もともと『週刊朝日』は大阪の編集部が中心となってつくられ、東京にあった支部はうまく機能していなかった。それを昭和に入って改革したのが翁久允《おきなきゅういん》で、東京支部を任された翁は、作家とのあいだに積極的にパイプをつくる。下に付いた八木建一郎も負けず劣らず胆力があった。献身的に作家のところに日参しては原稿をとり、吉川英治をはじめとして、八木がいるから『週刊朝日』に書く、という作家がいたくらい文芸記者として愛された。

昭和五年（一九三〇年）、上司の意向で翁が退任すると、後釜に据えられたのが赤井だった。以降昭和十一年まで東京で働いたが、残念ながら翁や八木と比べて評価に値する活躍をしたとは、とうてい言い難い。

後年、当時のことを岩川隆が取材して「日本の週刊誌を考える」にまとめている（『潮』昭和五十二年三月号、のち『ノンフィクションの技術と思想』昭和六十二年一月・PHP研究所刊に収録）。なかに大阪の編集部にいた杉村武による、なかなか辛辣な回想が出てくる。

「大阪本部の編集部員は大道弘雄編集長以下七人、（引用者中略）東京支部には、赤井支部長のもとに、おそらく一人か二人の部員がいるだけだった。そこに集っていた部員は、クズばかり、社内的にものけものばかりで、無能な人も多かった。」

社内的には除《の》け者で無能な人。……そのなかに赤井も含まれているわけだ。

当時『週刊朝日』の本体は大阪にあって、東京は出先機関に過ぎなかった。持ち込まれた原稿を読む。集まりがあれば出かけていって作家に会う。もらった原稿をつつがなく大阪に送る。それだけを淡々とこなす日々だっただろう。

結局、文芸記者として大きな仕事を成し遂げることはできなかった。と、こういう人を見ると、私は思わず応援したくなるのだが、昭和十一年、再び異動となって大阪に戻されたことが赤井にとって最大の転機となる。文芸記者の職から外されて、代わりに「朝日会館」の主事（館長）を任されたのだ。

この会館は大正十五年にオープンした文化施設で、『大阪朝日』のつくった社団法人朝日新聞社会事業団が運営していた。事業の柱は、演劇、音楽会、美術の展覧会など、定期的に催し物を開くこと。いわば、ぴったり赤井の興味ど真ん中である。

さらに同館では毎月『會館藝術』という雑誌を出していた。近年ゆまに書房から復刻版も刊行されたが、毎号趣向を凝らした編集は、いま読んでも十分に面白い。これもまた赤井が東京で培った作家との人脈を活かす場になった。丹羽文雄、森田たま、林芙美子など、まだ売り出し中だった作家の原稿をかつて『週刊朝日』に載せたことが物を言い、『會舘藝術』に彼らの寄稿を次々と載せることができたのだ。

赤井自身も「二本木仁」の筆名で随筆を掲載する。とくに大阪弁を使った掛け合いの会話文に生彩があり、ようやく手にした自分向きの仕事を楽しむ様子が伝わってくる。たとえばこんな具合だ。

「『正月號だんなア。本誌の躍進ぶりを自慢して呉れやはりまつか』

會舘藝術係りのSやんの忠告御もつともと思ひましたんや。

『そんなら一ツ編輯後記たらいふアレを書いたらどうだつしやろ』

『それそれ。よろしオマンなア』」（『會舘藝術』昭和十五年一月号「会舘内外」二本木仁）

まとまった話を書くのは不得手らしく、雑多な記述も数多い。しかし人の能力は一律では計れないと、赤井を見るとしみじみ思う。会館の運営はまさに適任中の適任で、戦中・戦後と、文化事業のしづらい時代に、館長として職務をまっとうした。

昭和二十一年に退社した後は、故郷の上馬伏のために身を尽くす。農業のかたわら教育委員を務め、昭和三十年には四宮村の村長に選ばれた。文芸記者として名を残すことはなかった赤井清司。しかし後半の人生を見るかぎり、とても「無能」とは呼べそうにない。

七、渡辺均（大阪毎日新聞）

最後まで取り乱さない人

『週刊朝日』を発行していた『大阪朝日新聞』と競って、新聞界を盛り上げたのが『大阪毎日新聞』だ。略して『大毎《だいまい》』と呼ばれる。

『東京日日新聞』を資本下に置き、大正から昭和にかけてこちらも一大メディアにのし上がった。金儲けがうまかった、と言ってしまえばそれまでだが、文芸に与えた影響は計り知れないほど大きい。既成の枠組みをそのままに、しかし限りなく娯楽に寄せていく。『大毎』の路線は文芸の大衆化を推し進め、ラジオ・映画など周囲のメディアを巻き込んで、多くの作家に金銭をもたらした。

舵を取ったのは学芸部長を務めた薄田淳介である。明治十年（一八七七年）、岡山県大江連島村生まれ。一般には「泣菫」の号で知られる詩人だが、『大毎』社員として発揮した手腕は、

辻平一『文芸記者三十年』

詩作以上に鋭かった。入社したのは三十五歳になった大正元年（一九一二年）。大正四年から夕刊の発行が始まると、そこに自ら随筆「茶話」を書いて人気を博す。おれが書くから新聞が売れるのだと、調子に乗ってもいいところ、若手の力も欲しいと考えて、新聞連載未経験の作家たちに思い切って声をかけた。こうして生まれたのが芥川龍之介「戯作三昧」（大正六年）である。以来、芥川との間に強い絆が結ばれて、『大毎』社友に勧誘。大正八年には嘱託社員の籍を用意した。有望作家の囲い込みに成功したわけだ。

「忠直卿行状記」（大正七年）「恩讐の彼方に」（大正八年）など、文芸物で注目された菊池寛に、うちで小説を連載してみないかと勧めたのも薄田だった。俄然とやる気になった菊池は「真珠夫人」（大正九年）を執筆する。するとこれが一気に話題を呼んで、菊池はたちまち金の稼げる文士になった。大衆受けする彼の作風に目をつけた薄田の手柄でもあった。

そしてもうひとつ、薄田が学芸部長だった時代に『大毎』が繰り出した会心の一撃がある。それが『サンデー毎日』だ。

大正十一年に創刊すると、ライバルの『週刊朝日』に対して読み物中心の構成で勝負をいどむ。その年の夏には、通常号の他に特別号を刊行。「小説と講談」と銘打って、短い読み物をずらりと並べた。これが読者からの圧倒的な支持を受けて、長く同誌を特徴づける恒例企画となっていく。高踏ぶらずに平俗に。読みやすく面白い文芸を。……そんな『大毎』の得意技が見事に決まって、文芸をぐっと身近なものに引き下ろした。

この雑誌も創成期から何人かの文芸記者が関わっている。石割松太郎は、筆名を獏人と言い、もとは『都新聞』にいた人だが、文芸主任の中里弥之助(介山)に猛反発。流れ流れて大阪にたどり着き『大毎』の学芸部門に職を見つける。新進の白井喬二に「新撰組」を書かせてみると、これが読者に大人気。初めは「新講談」としていた名称を「大衆文芸」に変えたのも石割のアイデアだった。

ただ、薄田淳介の直系という意味で、ここでは別の文芸記者に注目したい。学芸部に所属した生粋の関西人。『サンデー毎日』には創刊から携わり、特別号の「小説と講談」は彼一人で編集を担当した。読み物雑誌としての同誌の未来を切り開いた男、渡辺均である。

一介の文芸記者とは言いがたい。というのも彼もまた自身でものを書く人だったからだ。学生の頃から小説で稿料を稼ぎ、やがて『大毎』に籍を置いてからも花柳界に材をとった読み物を大量生産。『一茶の僻み』(大正十二年)『祇園十二夜』(昭和二年)などの著作を出す。あるいは落語について一家言ある演芸記者という顔も持ち、上方落語の研究家としても知られている。

明治二十七年、渡辺は兵庫県揖保川町に生まれた。まもなく父が印刷所を営む龍野に移り住み、同地で少年時代を静かに過ごす。旧制龍野中学に通っていた頃には文芸部に所属し、校友会雑誌『龍雛《りゆうすう》』に論文や漢詩などを寄稿した。

その後、京都の三高を経て京都帝大に進学する。都会に出て自由になった秀才が、どんな生活を送るのか。だいたい相場は決まっている。勉強もそこそこに、一気に放蕩の穴にはまってしまい酒と女に溺れる日々。田舎の親を騙しては金をせびり、芸者遊びに散財した。決して褒められた青春ではない。

大学を卒業後、大正八年に『大毎』に入社できたのは、旧知の教育学者、谷本富の口利きだったという。すでにそのとき妻子があり、しばらくは慎ましい生活を送ったが、またぞろ女遊びを再開すると、大阪、京都、東京などに芸者を囲い、荒淫乱酒のかぎりを尽くす。はたから見ると胸糞が悪くなるような、人生上り坂の二十代だった。

しかも、こういう人にはツキもあるから恐ろしい。最大の幸運は『大毎』で薄田と出会ったことだろう。芥川や菊池と並んで、渡辺もまた薄田のお眼鏡にかない、『大毎』夕刊に小説「久米仙」（大正十年）を発表。作家としても認められた。

ここで記者を辞めて専業作家になってもよかったはずだ。しかし、大正十一年『サンデー毎日』が創刊したことで、渡辺も新たな雑誌づくりに参画し、この仕事に無上の楽しみを発見する。結果『大毎』を離れることなく、文芸記者と作家、兼業の道を自ら選んだ。

本人は言う。

「毎日新聞記者として、及びサンデー毎日編輯者としての勤めは、勤めといふ感じではなく、全く自分自身の仕事として、この上もなく、愉しく且つ快適であった。従って、仕事には熱中することが出来た。」（渡辺均「遺書 第一部」）

根っから文芸の編集に向いていたのだろう。与えられた仕事は根《こん》を詰めて徹底的にやりぬく主義で、まわりの雑音には耳を貸さず、ただただ自分が面白いと思う雑誌づくりに邁進した。あまりに協調性がなかったせいか、最後まで編集長を任されることはなかったが、細かい雑務も平気でこなす彼の姿に、編集部一同、一目置いていたのは間違いない。上司の薄田もその仕事ぶりには感心して、渡辺に絶大な信頼を寄せた。

「どんなうるさい仕事を、お頼みしても、期日までにはちやんと間に合はせるのは、渡邊でありまます。」「渡邊君の同僚として、一つ事業にたづさはつて來た私は、どれだけ助つたか知れませぬ。」（薄田泣菫「他所行きの言葉」、『關西文藝』大正十四年七月号）

女にモテる。物書きとしても順調。会社では優秀な社員として遇される。まったく人生うまく行きすぎている。

ところが、絶頂は長くは続かない。時は昭和九年、四十歳をすぎた頃に、作家としても記者としても渡辺の仕事に不意に陰りが見え出したのだ。いったい何があったのか。

彼の人生を知るのに避けて通れない本がある。題名は『或る情痴作家の〝遺書〟—渡辺均の生涯—』（昭和六十三年三月・幻想社刊）。著者は接木幹《つぎきかん》と言い、本名大ヶ瀬俊策。長年、兵庫県の相生で教職にあった人で、高島俊男の恩師に当たる。渡辺の評伝なのか。それとも著者本人のことを書いているのか。脱線が甚だしく、読んでいるうちにわからなくなってくる渾然一体とした筆致が魅力なのだが、とにかく渡辺の人生を徹底的に調べ上げ、詳しくまとめた本は、今のところこの世にこれしかない。

同書によると、昭和九年、前厄の年に渡辺は尿道狭窄の病に見舞われた。つまりはどういうことか。便所に行っても尿の出が悪い。用を足すのに数十分、のちには一時間以上もかかるようになる。これはつらい。さらに女好きにとっては悲しいことに勃起不全に陥ってしまい、女性と同衾しても喜びを与えられなくなった。シモの機能の極端な低下。じつにこれが原因で渡辺は仕事に身が入らなくなる。もともと持っていた厭世観が頭をもたげ始め、うまく行っていた流れはどこへやら、後半生は苦しみの連続だった。

昭和十六年に『大毎』を退社すると、知人の頼みで大阪厚生信用組合の責任者となる。しかし昭和二十五年にはそれも辞めて、妻とは別居。大阪北新地に一人で暮らす。そして昭和二十六年三月十六日、自殺した。享年五十六。

人生の急転落に歯止めがかからず、そのまま哀れに死を選んだ、という面はたしかにある。しかしだ。そうとも言えないのが渡辺均の小憎いところで、ドン底に落ちてもただでは死なない。後年、井上靖は彼をモデルに「楼門」（『文藝』昭和二十七年一月号）という小説を書き、富士正晴も「老来漫歩自殺行」（『海』昭和五十七年一月号）で渡辺を手厚く取り上げた。なぜか。取り上げざるを得ないほどに独特な死に方を、渡辺自身が演出したからだ。

死後に無用な混乱がないようにと、詳細な指示書を用意した上、知人に送るための告知文まで事前に準備した。こんな文面である。

「私儀数年前より尿閉症を病み療養中、去る三月十六日無事死去致しましたから御安心下され度、生前の御交誼を深謝致します。」

何とも冷静で事務的な故人からの知らせが、別居中の妻の手によって各所に送られた。受け取ったほうの驚き、いかばかりか。想像に難くない。

「何か虚を突かれたような、異様な感銘を受けた」(『探偵小説三十年』昭和二十九年十一月・岩谷書店刊)

と、受信者の一人の江戸川乱歩は書いている。

さらに渡辺は、前年の九月から筆を起こし「遺書」と題する文章を綿々と書き綴った。内容は自叙伝とも日記とも言えるような、自身の心情を吐露したものだが、第一部が原稿用紙で百四枚、第二部が九十三枚、冊子として束ねられて、いまも故郷たつの市の龍野図書館に保管されている。肉体の痛みに堪えながら死に至るまでの心の動きを解説しようと一字一字原稿に刻んでいったのだ。生半可な精神力ではない。

ちなみに後輩社員の辻平一は、『サンデー毎日』をつくっていた頃の渡辺の姿を、こんなふうに書き留めた。

「自分の分担になっている仕事だけは、冷然と片づける。だが、余力があっても、人の仕事に口出しするでもなく、情熱らしいものを見せなかったのは、渡辺均だった。すこぶる割切った仕事ぶりだった。」(「ふたりの編集者」、『文芸記者三十年』昭和三十二年一月・毎日新聞社刊)

非常な事態でも取り乱さない。やるべきことを淡々とこなす。文芸記者としてのその振る舞いは、自殺に至るまでの記録を、何か月もかけて文章に残した死に方に、明らかに通じている。

八、新延修三（東京朝日新聞）

威光をバックに仕事した人

大正半ばに、欧州で大きな戦争が起きた。その影響は日本でも軽微ではなく、数々の産業が発達して未曽有の好景気が訪れた。資本主義の加速はとどまるところを知らない。新聞各社もその渦に巻き込まれて、商業路線をまっしぐらに突き進み、ぶくぶくと肥って大企業化する。結果、文芸記者たちの姿もおのずと変容していったが、何より変わったのは、大学を出た若者が試験をくぐって記者になる例がにわかに増えたことだった。

昭和二年（一九二七年）の暮のこと、慶應義塾の大学生、新延《にいのべ》修三も『東京朝日新聞』の試験を受けた。会場の東京商業会議所大ホールには九百名近くが集まったが、そのうち採用は十人前後。倍率にすると百倍近い。「宝くじを引くようなつもりで参加した」と新延は言う（『朝日の部長さん　朝日新聞を興した人びと』昭和四十七年二月・原書房刊）。かなりの狭き門だった。

新延修三『朝日新聞の作家たち』

明治の頃はずいぶんゆるかった。上に立つのは政治に物申したい荒くれども。下で働くのはコネでもぐり込んだゴロツキどもが占めていた。ところが読者の数が増えるにつれて、新聞に求められる姿も変わっていく。もっと世間に身近な話題を。女性にも興味を持てるような内容を。……民衆の力が再認識されるようになったこの時代、のちに「大正デモクラシー」とも呼ばれる社会の熱気が多くの分野で目立ちはじめ、新聞もまた大衆化の方向をより一層強く打ち出す必要にせまられた。大正後期の頃である。

新聞をつくる企業に倫理性や公共性が叫ばれるようになったのも、この頃のことだった。嘘を書かない。まわりの幸せを考える。そんなことは、ことさら威張るような話でもない。しかし新聞業界が社会的な存在として認められるためには大事なことだった。新聞をつくっているのは怪しいやつらの集まり。そんな認識がはびこっている状況を、どうにか払拭しなければいけない。となると社員の採用方法にもメスが入るのは自然なことで、官界や他の業界を見習って大規模な試験を行い、大学を出た優秀な若者を選抜しよう、と舵を切ったのだ。

企業の就職史にくわしい尾崎盛光は、こう解説する。

「新聞社が大学卒に入社試験を課して、年々定期採用をするにいたったのは、一般実業界に遅れること数年の、大正末期である。」「筆一本、スネ一本で無冠の帝王を気どり、「ペンは剣よりも強し」などの幻想にとらわれた、くせの多い反骨精神の記者を淘汰して、すばらしいビルディングをもつ大企業に発展させる礎が築かれた」（尾崎盛光『日本就職史』昭和四十二年七月・文

藝春秋刊）

ちょうど大正末期は、一時の好景気が減速し、日本に不況感が漂った時期でもある。みんな給料を稼げる会社に入りたい。なのに就職口は限られている。その中にあって新聞社、とくに大きいところは新社屋を建てたり社会事業を手がけたりと、積極策を打っている。おのずと多くの学生が新聞社に殺到した。

人気だったのが大阪・東京の『朝日新聞』だった。明治十二年（一八七九年）の創刊以来「不偏不党」をスローガンに掲げ、政治の行方に左右されずに営利活動を積み上げた。論調はリベラルで、格調も高く、経営の手広さに加えて、明治末期には夏目漱石を社員に招き、文壇でも一目置かれるようになる。昭和九年、大宅壮一の「文壇ポーズ論」（『文藝』六月号）では「日本の新聞界でも一番権威があるといはれてゐる朝日新聞」などと評された。

先に触れた新延修三は、昭和のはじめ、そんな人気と権威のある『東京朝日』に入ったわけだ。彼がのちに書いた『朝日新聞の作家たち　新聞小説誕生の秘密』（昭和四十八年十月・波書房刊）にも、いかに同紙が別格扱いされていたか、ところどころに描かれている。

たとえば小島政二郎の逸話がある。小島は新延にとって十歳以上離れた年上の作家で、新延が慶應にいた頃、小島の講義を受けたこともあった。ところが『朝日』に入社後、原稿を頼みに行ったところ、かつての教師と生徒の関係はまるで逆転。小島は喜びながら新延に頭を下げ、神妙にこう言ったという。

「しっかりやって、やがては、僕にも小説を書く機会を与えて下さい。朝日に書くということは、文壇への登竜門ですからね」（『朝日新聞の作家たち』）

そして昭和七年、念願の連載小説を執筆することにつながって、小島は「海燕」を連載した。「これで、僕も立派に一人前に世に出ることになった」と小島が大喜びする姿を新延は目の当たりにした。どれほど『朝日』が作家にとって檜舞台だったのか。新延も仕事をしながら日々実感したに違いない。

新延が生まれたのは明治三十八年、大阪船場。実家は薬種商を営む商売人の家だった。慶應義塾に進んだちょうどその頃、各大学では新聞研究会なる学外活動が盛んで、それぞれが学生新聞をつくっていたが、新延も慶應の『三田新聞』に参加。その経験から次第にジャーナリストを志す。頭がよくて成績もいい。『東京朝日』の試験のときも、さっさと答案を書き終えると、帰りぎわ、会場にいた朝日の社員に一発かましてみせた。

「こんな大勢相手に、こんな試験で、優秀な新聞記者がえらべるんですかねえ」

そう言い放って立ち去ったというのだ。無礼千万、怖いものなしである。

相手が編集局長の緒方竹虎だったことを、新延は後になって知る（『朝日の部長さん 朝日新聞を興した人びと』）。しかし緒方のほうも、この生意気な新人記者のことをのちのちずいぶん可愛がったそうだ。若者の無礼もうまく転ぶと武器になる。

新延は事件記者に憧れていたが、学芸部に配属されて、さっそく新聞小説を担当した。初めての相手は時代の寵児、菊池寛。『文藝春秋』を創刊して六年ほどの、脂の乗った四十歳にして、すでに文壇の大御所と呼ばれていた。

『東京朝日』の先輩記者、時岡弁三郎からは、こんな助言を受けた。どうやら最近の菊池は威張っているらしい。「先生、先生」と下手に出たほうがいいぞと。しかし新延はムッとして突っかかる。記者と文士は対等でしょ。俺は「菊池さん」と呼びますよ。なりふり構わずぶつかっていった。その姿勢が菊池に面白がられて、首尾よく連載の了承を手に入れる。こうして生まれたのが「不壊《ふえ》の白珠《しらたま》」（昭和四年）だ。あけすけな物言いで相手の懐に入り込む。新延の持ち味の一つだった。

無鉄砲な若者というのは、案外、年上から好まれるらしい。妙に自信満々な姿勢で、ずけずけと突き進む。小生意気で憎たらしいが、相手がどんな大物でも新延は臆さなかった。泉鏡花、島崎藤村、永井荷風……。向こう見ずに執筆を依頼する。失礼を承知でアタックする。そして次々と原稿をもぎ取った。

先に引用した『朝日新聞の作家たち』は、新延が戦前から戦後にかけて接した六十四人の作家・評論家のことを振り返ったものだが、これを読むと、新延の蛮勇ぶりがよくわかる。と同時に、なぜそれほど剛腕が発揮できたのかも合点がいく。

たとえば、獅子文六に原稿を頼みに行ったときの話が出てくる。獅子は本名岩田豊雄、当時まだまだ新進の劇作家で、新聞小説は書いたことがない。新延は夕刊に載せる中篇を書いてほしいと打診した。

「夕刊の中篇ものねえ……書く材料はあるのだが、朝刊じゃないんだねえ」

と岩田は、すこぶる不満のようだ。その態度は、気短かの僕のカンにさわった。

「夕刊一面といっても、これは、朝刊小説への踏み台みたいなものですよ。ここで成功したら、日ならずして、必ず朝刊に出られるんです」

「それにしてもねえ、たった二、三十回ぐらいじゃねえ。材料も勿体ないし……」

「じゃあ、よしますか。この際、目をつむって引受けといた方がいいんじゃありませんか。何しろ『朝日新聞』ですからねえ」

それが殺し文句となって獅子は「達磨町七番地」を連載。ユーモア作家として注目が高まった。

右に挙げた逸話の肝は他でもない。新延が吐いた最後の台詞にある。『朝日新聞』のブランド力をここぞとばかりにチラつかせる厭らしさ。大企業ではこういう社員をたまに見かける。新延が強気に出てうまく行ったのはなぜなのか。後ろに『朝日』の威光があったからなのは明らかだった。

以来、関連企業に出向したりしながら、昭和三十五年に五十五歳で定年退職するまで『朝日』の大きな傘下で働きつづけた。すると今度は次の職も早々に決まる。広告代理店の電通に部長の椅子が用意されたのだ。長年マスコミ界にいた人だ。仕事ができると思われたのだろう。

ところが『朝日』の大樹を失って、新延はまるで戦力にならなかった。慣れない激務に体を壊して、二年ほどで退社する。

その後は、朝日イブニングニュース社や雪華社に嘱託で勤めた。自ら『いさり火』という雑誌も立ち上げた。しかしいずれも短期間しか続かなかった。

結局、新延の仕事は『朝日』で文芸記者をしていた時代に尽きると言っていい。多くの作家に小説を書かせたこと。それは間違いない。本人も十分自覚していたようで、終生、おのれが輝いていた頃の新聞小説について語り続けた。

「自負していいのは、われわれの時代の新聞小説が、今日の文学隆盛時代の基礎を築いたことはたしかだろう。」(『月刊噂』昭和四十六年十月号「座談会 新聞小説花盛り時代の舞台裏」)

こんな口ぶりで回想している。過去の栄光を自慢するところが、いかにも大企業にいた人間らしいが、そこを批判しても仕方ない。自分がやってきたことを誇りに感じられたのなら、文芸記者として新延の人生は、きっと幸せだったのだろう。人の命は結局のところ儚く終わる、幸せだったなら何よりだ。

八の補遺、文芸記者たちの雑誌刊行計画

『朝日』の新延修三を見たところで、触れておきたい事案がある。昭和九年（一九三四年）二月に死んだ直木三十五に関することだ。

なぜ直木なのか。大正から昭和の初期に多くの仕事を残した大衆文芸作家、直木三十五の生涯を調べていくと、年代に応じていくつかの交遊関係が目に留まる。学生時代は、青野季吉や保高徳蔵、出版人として生きた頃には鷲尾雨工、三上於菟吉、映画人としては牧野省三、月形龍之介。そして昭和八年、作家として時代の寵児になったとき、直木のまわりにいたのが五人の文芸記者だったからだ。

その一人が『朝日』の新延だったのだが、他のメンツは『時事新報』笹本寅、『報知新聞』片岡貢、『読売新聞』河辺確治、そして『都新聞』豊島薫。五人ともおおよそ三十歳前後の同世代で、会社で偉くなる前の、前線で働く現役の記者だった。のちに名を知られるようになった人もいれば、何も言わずに死んだ人もいる。昭和の初め、日本が戦争に向かっていたこの時期に、勤める会社もバラバラな若い文芸記者たちは何を考え、どんな生き方を選択したのか。

まずは『朝日』の新延修三だ。前章で触れたように若い頃からズカズカと歩きまわる強心臓

ぶりでならしたが、並みいる作家のなかでも新延の心酔したのが直木だった。

普段の直木はたいてい無口で、文芸記者を前にしても愛想がない。しかし相手が上であろうと下であろうと言いたいことは何でも言う。社会や政治に関しても積極的に意見をぶつけ、良識派から眉をひそめられても意に介さない。そんな直木の姿に新延はいたく惚れ込んで、仕事を離れて寄り添った。

昭和八年、直木は四十二歳にして満身創痍だった。病名は脊椎カリエス。起き上がるのもままならず、病状がよくなる気配もなかったが、直木自身は病院に行くことを嫌がって、仕事場で臥せている。まわりの多くが心配する中、行動に移したのが新延だった。直木を入院させるために病院に話を通し、昭和九年二月、直木を説得。東京帝大附属病院に連れていったのだ。

そこまで新延を惹きつけた直木の魅力とは何なのか。新延はこう語っている。

「直木さんと僕との交渉は、マル三年越しの淺いものではあるのであるが、僕からしてみれば、直木さんの「風格」に、「風格ある文學」に、急速度に傾いて行き、原稿の交渉、取引きもさることながら、それを口實に、ヂカに、直木さんに觸れる機會を、一回でも多く、そしてまた、一時間でも、永くと望んだことである。商賣柄、數多くの文人諸士に接する僕ではあるが、かういふことは正直のところ、菊池寛氏の外は、直木さんあるのみである。」（「直木さんの弱音」、『衆文』昭和九年四月号）

直木にどれほどの風格があったのか、感じ方は人それぞれだなと思う。いずれにしても新延自身、現状の社会に不満を抱き、直木のように捨て身でものを書き続けることに憧れていたのではないか。その後の新延の仕事からはとうてい想像もできないが、この時期、自分も文芸記者の枠を超えて何かをしなければいけない、と情熱の捌け口を探していたのは間違いない。

実際に、まもなく会社を辞めて筆一本で生きていこうと決心した仲間がいる。笹本寅と片岡貢だ。

笹本は明治三十五年（一九〇二年）、佐賀県唐津の生まれ。若い頃から負けん気が強く、喧嘩上等の構えを取り、まわりの人たちとよくぶつかった。東洋大学に進んだものの中退して大正十四年（一九二五年）、出版社の春秋社に入社。中里介山の大作『大菩薩峠』の担当編集者となって、中里と親交を結ぶ。

しかし激しい性格の笹本は、一つの場所にはとどまれない。昭和五年、二十代半ばで春秋社を飛び出すと、文壇まわりを放浪したのちに時事新報社にもぐり込む。巷で、酒場で、旅先で、精力的に取材を重ねては文壇の中で顔を売った。

その成果の一つに、昭和七年六月六日から『時事新報』に連載した「文壇郷土誌」がある。「芸術派」「文芸春秋の巻」「文芸時代」「不同調」と進んだあと、「大衆文学篇」「既成作家篇」「プロ文学篇」（プロレタリア文学篇）と、昭和八年春まで続けて載った。作家にも読者にも評判のいい読み物だった。

笹本を評して大宅壮一は書く。「気だては悪くないがけんか早い。」（『人生旅行』昭和三十一年十月・角川新書）……冷静沈着な人だったとは言いがたい。記者になってもそれは変わらず、カッと頭に血がのぼるとすぐに相手に突っかかる。『時事』を辞めることになったいきさつも、やはりその性格が絡んでいた。

ここに直木が登場する。昭和八年『時事』は直木にお願いして連載小説を書いてもらった。稿料は安いが自由に続けてもらうために期限は切らない。そういう約束のもとに「大阪落城」の題で始まった連載は、しかし半年ほど経った頃、急に社内の事情で一旦休止が決定する。それを聞いて激怒したのが笹本だ。初めに約束した通りの話ではない。もしも直木に連載を辞めてもらうなら、自分も担当記者として詰め腹を切る。そう上司に言葉を浴びせると、本当に会社を辞めてしまった。昭和八年十二月のことだった（「時事新報退散記」、『文壇手帖』昭和九年三月・橘書店刊）。

いま一人、『報知』の学芸部にいた片岡貢もかなりの熱意で直木と接した記者である。明治三十六年、静岡市生まれ。早稲田実業を経て昭和初年に報知新聞社に入社する。学芸、とくに文芸方面を担当して、独立するまでの間、多くの仕事に携わった。なかでも後年まで片岡が自慢げに語っていた逸話を、和田芳恵が書き留めている。昭和十年、文藝春秋社が始めた芥川賞に関する証言だ。

「「星座」に載った石川達三さんの『蒼氓』を文芸春秋社に持って行ったのは「報知新聞」の文化部にいた片岡貢さんだった。片岡さんも、よく、このことを酒のうえの自慢話にしてい

た。」(『ひとつの文壇史』昭和四十二年七月・新潮社刊)

たしかに自慢してもいいだろう。

しかし、ずっと裏方にいて新人作家に光を当てるだけでは片岡は飽き足らなかった。日本は政治も外交も問題が山積みだ。自分も何か筆を使って日本をいい方向に進めたい。仲のよかった新延や笹本たちと語り合ううちに、そうだ、会社を離れて自分たちの責任で雑誌を出そう、言いたいことを言おうじゃないか、と盛り上がる。誌名は『ヂヤーナリスト』にすると決めて具体的な発行に向けて動き出した。

仲間に加わった『読売新聞』の河辺確治は、笹本たちほど多くの文章を残していない。なぜ彼らの輪にすんなりと入れたのか。いまとなっては不明だが、ずいぶんと温容で優しい人柄だったと伝わっている。人間が集まるところ、いるだけで和やかになる人柄はたしかに貴重な存在だ。友人たちの熱気に押されて、河辺も名を連ねることになったのだろう。

生まれは明治三十五年で、五人の中では一番の年長者。日大を出たあと昭和三年に読売新聞社に入り、文芸を担当した。記録に残っているのはプロレタリア文壇との付き合いがあったことで、昭和五年頃、北海道から上京した小林多喜二と親しく接し、小林と直木を引き合わせたりしている。

河辺と親しかった一人に作家の立野信之がいるが、当時の回想のなかで河辺はこう描かれている。

「(引用者注:上京した)小林多喜二は帰省を一日のばしにのばしていたが、ある日、銀座かどこ

かで読売新聞文化部の河辺確治に出会ったところ、河辺からいきなり、

「おい、小林君……君のような田舎者が東京に長くいたらダメになるぞ。早く北海道へ帰ったほうがいいぞ」

と、言われた。」「河辺は、若い時分から少しも変らない善意にみちた男で、その時の小林多喜二への忠告ぶりは、眼に見えるようであった。」（『青春物語・その時代と人間像』昭和三十七年一月・河出書房新社刊）

「若い時分から少しも変らない善意にみちた男」という表現に、河辺の人物像がよく現われている。『ヂヤーナリスト』発行計画のときも、その姿勢に変わりはなかった。友人たちが半ば気負って雑誌を出そうと盛り上がっているところに、水を差すような人ではなかったのだ。

五人組の記者のうち、最後に紹介するのが『都新聞』の豊島薫である。明治三十七年、宮崎県延岡生まれ。東京帝大文学部を卒業して、昭和二年、都新聞社に入社した。当時『都』の文芸欄は上泉秀信と飛田角一郎が独自の色を出そうと工夫を凝らし、悪戦苦闘していた渦中に当たる。豊島はその下に付き、文壇の隅々にアンテナを張りめぐらせた。取材して記事を書く。その経験を重ねるうちにいつしか『都』の文壇ゴシップは面白い、と評判になった。

「「都」の文壇ゴシツプが東京新聞中の随一であつた事は、すでに定評があるが、あれが豊島君の筆だといふことがだんだんと分つて来て、私は彼の才能に注目するやうになつたのである。（引用者中略）下品なゴシツプ、屁のやうなゴシツプ、下劣な敵意をふくめたゴシツプさういふ

ものは何処にだつてザラにあるが、しかし豊島君のかいたやうな、ふつくらと味があつて、凄みもユーモアも温かさも兼ね具へたゴシツプは誰にでもさう無暗にかけるものではないのである。」（杉山平助「豊島薫君の回想」、『実録文学』昭和十一年一月号）

温かみのなかに鋭く冷静な視線を持つ。それが豊島の特徴だったというわけだ。直木に接するときもそうだった。新延や笹本が、手放しで直木に惚れ込んでいたとき、豊島はじっとその状況を見極め、本当に信頼できる人なのか、観察の目を光らせる。そういう役割もまた集団のなかでは必要なものだろう。

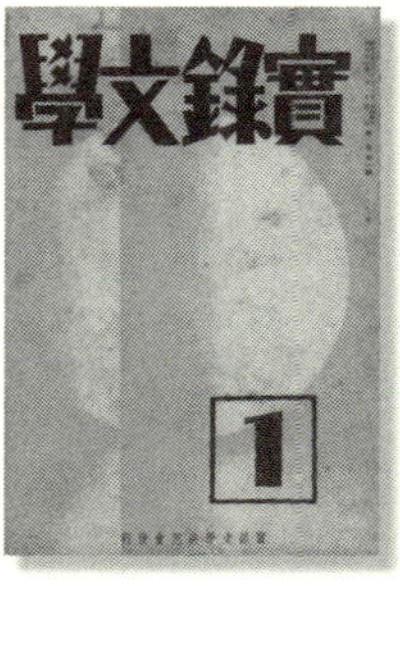
『実録文学』昭和十一年一月号

五人の雑誌計画はスムーズに進んだわけではない。誌名を『ヂヤーナリスト』から『学藝往来』にしようと話が変わり、内容と資金の精査に入った頃、彼らの計画を聞きつけた直木がいきなり割り込んできた。俺も自分の雑誌を持ちたいと思っていたんだ。どうだ、俺が金を出すから一緒にやらないか、と。

売れた作家が雑誌をつくる。最も成功したのは大正十二年に菊池寛が創刊した『文藝春秋』だが、友人だった直木も同じように雑誌をつくりたがった。もとより直木は作家になる前に雑誌『人間』や、プラトン社の『苦楽』の編集にも関わっている。出版事業に対して並々ならぬ思いを持ち続けていた。

五人の記者は話し合った。『都』の豊島は直木に好印象を持っておらず、すぐには賛意を示さない。片岡はとにかく雑誌が実現できるのなら異議はない。金を出そうという申し出は願ったり叶ったりだ。新延は無邪気に何でもやりたい人なので、いいじゃないかと前のめり。笹本は日頃から直木を信頼していて、ぜひとも一緒にやりたいものだ、と積極的に賛同した。河辺がどう考えたのかは、よくわからない。

ともかく資金については問題ない。流行作家、直木三十五の名前があれば宣伝にもなるだろう。誌名は『日本文藝』とほぼ確定して、改造社が発行元を引き受けた。

他ならぬ友人のことだからと、菊池寛も全面的に協力することを約束した。文芸記者が構想した総合・文芸雑誌が、いよいよ誕生の日を見るかと思われた。

しかし話は突然立ち消えた。昭和九年二月二十四日、直木が結核性脳膜炎で死んでしまったからだ。

直木の死をきっかけに、菊池寛は直木賞を発案し、そこから日本の文学賞史に大きな一歩が刻まれたが、それより文芸記者たちの雑誌刊行が潰えてしまったことが残念でならない。

五人組のあいだにあった絆は、そこから徐々に変化を遂げる。直木の死と並んで大きく影響したのは、昭和十年十一月に『都』の豊島が急逝したことだ。享年三十一。若すぎる死だった。

自らの雑誌をつくる。その夢があきらめきれなかったか、笹本と片岡は大衆作家の貴司山治と結託して、昭和十年『実録文学』を創刊する。同誌のめざした方向に、二人が考えていた指針の片鱗が多少なりとも息づいていただろう。尾崎秀樹の解説にこうある。

「このグループ（引用者注：実録文学研究会）の主旨は、マスコミの走狗となり、文学本来の大衆性を失い、低俗化した一般の文学的風潮を批判すると同時に、新たに実録文学を提唱したものだった。そして全国各地方の郷土史料を蒐集し、正確に記録し、それをもとにしてつくり出される大衆小説、それが実録文学だというのである。同人には海音寺氏（引用者注：海音寺潮五郎）のほかに、岩崎栄、片岡貢、木村毅、貴司山治、大津恒吉、笹本寅、田村栄太郎、戸川貞雄、植村清二の諸氏の名前がみられる。」（『海音寺潮五郎・人と文学』昭和五十三年十二月・朝日新聞社刊）

こうした動きに同調した二人とは違い、『朝日』の新延と『読売』河辺は自分の会社にとどまった。そちらはそちらで、歩みはまったく分かれていく。河辺のほうは戦時中、久米正雄を団長とした陸軍従軍作家団に特派記者として同行。戦後は婦人部長として働きながら趣味の釣りにのめり込み、麻生豊、立野信之らと「雑魚クラブ」という集まりを結成する。他の記者には立ち入ることのできない現場を数多く見聞したはずだが、回顧録の類いに手を出すことはなく、「何も書かない新聞記者」（大草実の回想）とも言われた。昭和三十六年没。

対して新延は会社でのこと、作家たちの印象など、さまざまな文章を後世に残す。それは前章で触れた通りだが、しかし昭和八年の雑誌発行計画の顚末は、とくに書き記しはしなかった。昭和六十年没。語りたいこと、思い出したいことは、人によってそれぞれ違う。新延の頭の中に、仲のよかった五人組の交流がいい印象として残っていたのであればいいなと願うばかりだ。

九、高原四郎（東京日日新聞）

クセのあるメンツに揉まれた人

川村湊・守屋貴嗣編著『文壇落葉集』

新聞はなぜ普及したのか。その背景を歴史的にさぐっていくと、かならずぶつかるものがある。戦争だ。

明治二十年代に起きた日清戦争。三十年代の日露戦争。大正に入って欧州大戦。大きな戦争が起きるたびに、新聞の部数は拡大した。社会が混乱する。するとたちまち新聞が儲かる。なんとも因果な商売である。

昭和の初め、またも大きな商機がやってきた。昭和十二年（一九三七年）七月、日本軍が中国軍と衝突。なし崩しに戦争に突入したのだ。各社、待ってましたと言わんばかりに特派員を派遣して、軍の動きや兵士の生活、現地の様子を次々と記事にする。

当時、東京でしのぎを削っていた二つの新聞も例外ではない。知識層に人気のあった『東京朝日新聞』と、庶民に好んで読まれた『東京日日新聞』（東日）だ。後者は『大阪毎日新聞』（大毎）傘下に属する系列紙で、多くの事業で『朝日』と張り合い、日本の新聞界をリードしていたが、戦争報道でも両紙は激しく競い合う。どちらも鼻息が荒く、人と人との殺し合いのことで派手に紙面を展開した。

『朝日』対『東日』。そのライバル関係は報道のみならず文壇界隈にも影を落とす。目に見えて禍根を残したのは昭和十三年十月、漢口入城をめぐるいざこざだろう。

この時期、内閣情報部の要請で二十二名の文士が中国大陸に渡った。名づけて「ペン部隊」という。海軍の班長は菊池寛、陸軍の班長は久米正雄。ともに『東日』に近い人たちで、久米はこのとき同紙の学芸部長も務めていた。

陸軍班のほうには林芙美子がいたが、彼女も同紙には縁があった。前年には『東日』の特派員を拝命し、記者の手引きで南京に入ると「女性の一番乗り」と派手に扱われた。きっとペン部隊でもそういう話が来るだろう。林は期待していた。ところが何の打診もない。そこで林はライバルの『朝日』と手を握る。班長の久米には黙ったまま一人で『朝日』のトラックに同乗、華々しく漢口に入ると、その様子が大きく紙面に掲載された。

驚いたのが『東日』の人たちだ。林芙美子め裏切ったな。カンカンに怒った。大阪で『サンデー毎日』の編集をしていた辻平一は、当時の社内の様子をこう伝えている。

「出張で上京したところ、毎日新聞（引用者注・大毎と東日）では、全面的に林芙美子に原稿依頼をしないことになっていると聞かされた。」「『サンデー毎日』だけでなく、新聞でもいっさい頼まない、書かせない、というのだった。」（「林芙美子の手紙」、『文芸記者三十年』昭和三十二年一月・毎日新聞社刊）

長らく怒りは収まらない。戦後になるまで『大毎』『東日』に林の原稿が載ることはついぞなかった。いまから見ればくだらない話だが、それだけ『東日』と『朝日』の争いがいかに熾烈だったかを表わしている。

というところで、話を『東日』の文芸記者に移したい。ちょうどその頃、同紙の学芸部は充実期を迎え、特色ある顔ぶれが揃っていた。クセのあるメンツ、と言い換えてもいい。

きっかけは昭和八年、従来「学芸課」だった組織が「部」に昇格。部長に阿部眞之助が就任したところに端を発する。阿部は政治部などを渡り歩いてきた生粋のジャーナリストだが、このときなぜか学芸の部門を任された。その理由を、部下だった狩野近雄はこう推測している。

「（引用者注：学芸部長を）社会部長、整理部長、政治部長の前歴ある阿部さんがやることになった。一貫してゆるがない朝日の学藝に対抗しようというのであったろう。」（「アルファベット部縁起」、『毎日新聞の24時間』昭和三十年四月・鱒書房刊）

敵紙の『朝日』にも負けない人。それが阿部だったというわけだ。

なかなかの重責と言っていいが、さあそこで阿部は何をしたか。おれには文学のことはわからんよ。そうきっぱり言いのけると、わかる人に任せたらいいんだと、外部の文士を積極的に引き入れる。『読売新聞』から移ってきた千葉亀雄を顧問に配置。いまひとり、人気作家の菊池寛も顧問に招く。さらには大宅壮一、高田保、木村毅というイキのいい連中を社友に据えた。みな揃いも揃って高尚さはない。しかし読者を楽しませることにかけては抜群の腕がある。それが『朝日』に対する『東日』の強みとなった。

それに加えて、阿部自身が備えていた魅力的な性格も、強みの一つに数えたい。皮肉屋さんで毒舌家。ずけずけと本音を言いながら情には厚い。軍部がとにかく大嫌いで、反軍思想を隠すことができず、自由きままにものを書いたところ、昭和十五年、主筆の役を解かれてしまう。いいぞそれこそジャーナリストだ。と彼を慕った人は数多い。

高原四郎もその一人だった。阿部がつくった学芸部で、新聞記者とは何たるかをみっちり叩き込まれた『東日』を代表する文芸記者である。

明治四十三年、東京に生まれる。学生時代から新聞づくりが大好きで、東大在学中は『帝国大学新聞』の編集に明け暮れた。新聞連合社を経たのちに、昭和八年『東日』に入社。戦争中は従軍記者や支局員として戦地を転々としたが、戦後になって学芸部に復帰すると、昭和二十二年『サンデー毎日』編集長、翌年には学芸部長に就任する。作家に信頼される仕事ぶりを遺憾なく発揮して、谷崎潤一郎「少将滋幹の母」や吉川英治「私本太平記」などを世に送り出した。昭和六十二年没。

とにかく頭が切れる。口も達者。年長者のフトコロに入るのもうまかった。ことに若い頃には菊池寛に溺愛され、娘の婿にしたいぐらいだよ、と惚れ込まれたという。どれほど好青年だったか目に浮かぶが、しかし仕事ができる分、有能さが転じて慢心を生むこともあった。入社三年目、高原は一人の作家から不興を買う。

昭和十一年、連載小説を担当したときのことだ。相手は「良人の貞操」の作者、吉屋信子である。

当時、吉屋は人気急上昇の作家だったが、主な舞台は婦人誌や少女誌で、文壇では通俗作家と見られていた。『東日』への連載が決まったのは、阿部が強烈に推したことによる。しかしどうして吉屋なのか。部下の高原には理解できなかった。そのとき吉屋は軽井沢の別荘にいたが、高原は阿部に言われるまま、自分が担当になりましたと、型通りの手紙を送って挨拶に代えた。

これが吉屋の気分を害してしまう。

「便箋二枚くらいのその手紙は、まことに無愛想に、いつごろから掲載開始の予定だからよろしく、といった程度のことしか書かれていなかった。いつ軽井沢へやってくるかと首を長くしていたのを裏切ったばかりでなく、なんかいやいや書いたような手紙を読んで吉屋さんは腹を立てたようである。」（「「良人の貞操」御用心」、『学芸記者 高原四郎遺稿集』昭和六十三年四月・私家本）

吉屋も大人だ。腹は立てたがそんなことで事を荒立てるほど幼稚ではない。ぐっと怒りを飲み込んで執筆に向き合ったため、両者の関係は修復改善へと向かったが、危うく亀裂が残るところだった。高原四郎、まだまだ若い。

高原にとって幸運なことに、『東日』の学芸部には、世慣れた先輩がゴロゴロいた。クセは強いが腕は立つ、そんな彼らのあいだに入れられ、仕事ぶりを脇で見るうちに、高原も揉まれ揉まれて、文士との付き合い方を学んでいった。

どのように揉まれたのか。実態はよくわからない。ただ、それを知る手がかりが、高原の没後何年も経った二十一世紀に発見された。阿部が築いた学芸部の黄金時代に、数々の文士から届いた手紙やハガキが、高原自身の手によって丁寧に整理され保存されていたのだ。そして『文壇落葉集』（平成十七年十一月・毎日新聞社刊）の一冊にまとめられた。

「普通は、散逸してしまうこれらの書簡類（と生原稿）を保存したのは、ひとえに高原四郎氏の努力に負うものであるだろう。」

と、編集を担当した川村湊は評価する。これを読むと、原稿依頼を断る中野重治、前借りを頼む三上於菟吉などなど、書簡を介して人間たちの感情がもろに出ていて、それだけで面白い。と同時に、若き日の高原がいかに作家の信用を得ていたか、得るように努めていたかも窺い知れるのだ。揉まれる高原が、たしかにそこにいる。

十、平岩八郎、頼尊清隆（東京新聞）

騒がしい文化欄をつくった二人

『内幸町物語　旧東京新聞の記録』

文芸記者はだいたい裏に隠れている。のちに物書きになる場合もたまにはあるが、あくまでそれは特殊な例だ。ほとんどの記者は、文学史上「いなかった」ものとして消えていく。まったく、文学史などクソくらえである。

それでも裏方の働きに目を向ける人が、これまでいなかったわけではない。たとえば大村彦次郎がそうだった。自身、講談社の編集者を長く務めたせいもあるだろう。大村の書いた本には、作家だけでなく出版社やマスコミの人間がぞろぞろ出てくる。

昭和三十七年（一九六二年）、杉森久英が『天才と狂人の間』で直木賞の候補に挙げられた。選考会の当日、杉森は自宅で待つのが居たたまれなく、ひょいと『東京新聞』を訪れた……と大村は書く。

「文化部の平岩八郎、頼尊《よりたか》清隆に会うと、杉森は照れ臭そうに、「家にいて落選の知らせを受けるのも、細君に気の毒でね、落ちたら落ちたで、どこかで気を紛らせて帰ろう、と思って出て来たんですよ」と言った。二人は待っていたように杉森を外へ連れ出すと、時々自分たちが昼飯に出かける田村町交差点近くの食堂へ案内した。」（『文壇挽歌物語』平成十三年五月・筑摩書房刊）

みんなでわいわい食事をしていたところ、やがて受賞を知らせる電話が鳴った。そらきた、と頼尊は記事を書くために社に戻る。平岩のほうは杉森に寄り添って、夜まで行動をともにする。自分たちのやるべきことをわきまえた見事な連携プレーだった。実際は現場に文化部の桑原住雄もいたので、事実そのままを映しているわけではないが、平岩と頼尊、二人の記者の組み合わせが大村にはしっくり見えたのだろう。

『東京新聞』は、明治十七年（一八八四年）に『今日新聞』として創刊した『都新聞』を前身とする。大正八年（一九一九年）に織物業の実業家、福田英助によって買い取られ、ごっそり経営陣が変わったが、演芸や芸能に強い伝統は従来どおりに受け継いだ。文芸欄ができたのは大正十一年。担当したのは上泉秀信と飛田角一郎だった。大家はもちろん新人作家も積極的に起用して、昭和八年三月から尾崎士郎の「人生劇場」を連載する。当初は格別、評判の声も聞えなかったが、単行本化を世話したり続編を連載させたりと、根気よく後押ししたのが功を奏して大ヒットにつながった。同じく昭和八年には、学芸に関するゴシップめいた批評コラム「大波小波」を開始する。昭和十年に文化部ができ、初代部長に上泉が就くと、文芸に手厚い同紙の特色はよりいっそう強固になった。

昭和十五年、その『都新聞』に入社したのが平岩八郎と頼尊清隆だった。ともに大正四年生まれの同い年。平岩は愛知県から法政大へ、頼尊は大阪府から東大へ、と別々の道をたどったが、『都』の文化部という異色の組織で運命的な出会いを果たす。

それから定年まで三十一年間。二人をめぐっていろいろなことがあった。昭和十七年には内閣で新聞統合案が可決し、『都新聞』はまるで毛色の違う『国民新聞』と合併させられて『東京新聞』となる。戦時中、平岩は軍隊にとられ、戦後は二度の退職と復社を経験。最終的に文化部長の座におさまった。いっぽう頼尊は、長いあいだヒラ社員にとどまりながら、文化欄のヌシとなる。あまりに出世しない頼尊を面白がって、昭和三十六年、文藝春秋新社の池島信平が音頭をとり、彼を励ます会が開かれた。ちなみに頼尊はその直後に副部長となっている。

どちらかというと、逸話がたくさん残っているのは頼尊のほうだ。文壇の名物記者としてさまざまな文献に登場する。たしかに彼が文芸記者の典型だったのは間違いない。何といっても無類の酒好き。そこに頼尊の特徴は集約される。

ふだんはあまりしゃべらない。しかし、ひとたび酒が入るとエンジンがかかる。喧嘩、口論、当たり前。ねちねちと毒舌を垂れはじめるのだ。本人もこう言う。

「何だか、酒で明け暮れしたような、慚愧に耐えない文芸記者としての生活だった、と自分で

考えています。」（頼尊清隆「あとがき」、『ある文芸記者の回想 戦中戦後の作家たち』昭和五十六年六月・冬樹社刊）

酒での失敗談には事欠かない。河盛好蔵は、頼尊より年長のフランス文学者だが、その河盛に向かって、あなたはちっとも勉強しないね、などとしつこく絡む。後日、井伏鱒二から、頼尊さんあれはまずいよ、と自分の酔態を聞いて青ざめるテイたらく。こんなことを繰り返しても許されるのが酔っ払いのズルいところだが、ぐでんぐでんに正体をなくすその無防備さで、多くの書き手に愛された。文芸記者の典型たるゆえんである。

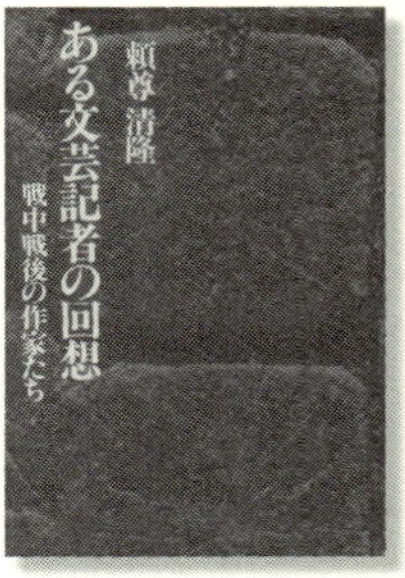

頼尊清隆『ある文芸記者の回想 戦中戦後の作家たち』

親しかった文筆家も数多い。尾崎一雄、梅崎春生、十返肇《とがえりはじめ》などは、仕事をこえて馬が合い、酒を酌み交わしてはジャレ合った。なかでも頼尊とつるんだ代表格が、坂口安吾だ。

付き合いは、頼尊が学生だった頃までさかのぼる。頼尊は授業もそこそこに本郷の碁会所に通いつめ、終わると飲み屋に繰り出した。安吾のほうも囲碁が好きだし、酒にもめっぽう目がない。自然と知り合って親しくなるうちに、頼尊が文芸記者になると、親交はさらに深まった。

とにかく安吾は頼尊に惚れ込んだ。碁が打てる。酒も飲める。何より文学にまっすぐな心を向けている。

「大酒呑みでぐうたらに見えるが、あいつは文学を純粋に愛している。筋金入りの文芸記者だ

よ。出世はしそうにないがね」（野原一夫『人間　坂口安吾』平成三年九月・新潮社刊）

安吾がそう言っていたと、新潮社にいた野原一夫が記録している。

昭和二十二年、『東京新聞』は安吾に連載小説を依頼する。読者なんか考えなくていい。安吾さんの信じる文学を書いてください。担当になった頼尊は熱くせまった。意気に感じた安吾も乗り気になって、よおしわかった、新聞小説に新機軸をもたらすぜと気炎を上げる。「花妖」と題して始まった連載は、焼け跡の残る東京を舞台に、法律家の娘、雪子をめぐる男女関係が複雑に入り乱れる。このとき挿絵を担当したのは岡本太郎。前衛芸術の暴れん坊だ。シュールというかアバンギャルドというか。何を描いたものなのか、一見してもわからない。こんな連載で新聞が売れるか。社内の評判はよくなかった。

この不評に青くなったのが文化部の副部長、池田太郎だった。もう少し大衆向けの絵にしてくれないか。岡本に電報を打つ。すると今度は、池田の部下の尾崎宏次が大激怒。いまのままでいいんだ、問題なし、と岡本に電話する。足並みは乱れに乱れて、収拾がつきそうにもない。それを聞いた福田社長は緊急で会議を招集。憮然とした面持ちで鶴の一声を発した。あの小説をすぐにやめさせろ。結果、打ち切りが決まった。

「今だったらもうすこし妥協的に事を運ぶことも出来たのだろうが、全く若気の過ちである。」（頼尊清隆「坂口安吾さんと私」、『坂口安吾全集　別巻』平成二十四年十二月・筑摩書房刊、初出は昭和五十二年）

と頼尊は悔いている。入社して七年目、三十一、二歳の頃である。このとき頼尊といっしょに酒場に繰り出して、会社の愚痴を言い合ったのが、同僚の尾崎と、そして平岩だった。尾崎によれば、そもそも「花妖」の連載は、頼尊と平岩が相談して始まったものだという。坂口の連載ではうまく行かずに苦汁を嘗めた。しかしこの頃から二人のあいだに名コンビの兆しが現われていた。

戦後の『東京新聞』は出版関係者によく読まれた、と平野謙は書く。

「文壇とその周辺にいるものは、東京新聞文化欄を読まずにすますことはできなかった。」

(『東京新聞』昭和四十五年四月二十四日)

カミュの「異邦人」に関して広津和郎と中村光夫に論争を焚きつけたり、匿名コラム「大波小波」に活きのいい評論家を起用したり。同紙の文化欄はいつも騒がしく、業界人や文学好きの心をがっちりとつかんだが、これも二人の記者の力に負うところが大きかった。

『内幸町物語　旧東京新聞の記録』(平成十二年七月刊)という本がある。平岩や頼尊より年次の若い後輩たちが私家版としてつくったものだが、そこでも両者は「文化部一筋に歩んだ東京新聞文芸面のシンボル的存在」と評されている。

よく文献にも出てくる頼尊はもちろんのこと、後輩たちは、平岩の陰に隠れた仕事ぶりをあわせて讃えた。

「頼尊に比べて、平岩の目立たないが着実なデスクワークにも触れておくべきだろう。原稿が底をついたとみるや、どこからともなくストックを取り出してくる。」「これはだれにもできることじゃないよ。」

そのうえで、前線に出ていく頼尊たちを助け、刺激的な企画を立てたのが平岩だった。文化部のなかでも影の影。これもまた優秀な文芸記者の一典型と言っていいだろう。

昭和六十三年、先に鬼籍に入ったのは平岩だった。遅れて頼尊は平成六年（一九九四年）に死ぬ。それぞれお互いをどう見ていたのか。気になるところだが、もはやわからない。

ただ、頼尊の記事を追っていくと、こんな発言が目にとまる。

「友人の平岩君」（『月刊噂』昭和四十六年九月号、丸山泰司、巌谷大四との座談会）

……そうか、友人か。三十余年も同じ職場で働き、友人と言える関係を築いた二人。歴史に輝く名コンビだったのは間違いない。

十一、森川勇作（北海道新聞）

文学の道をあきらめた人

新聞をひらいてみる。すると連載小説が載っている。いったい誰が読んでいるのか。朝刊、夕刊、どの新聞にも小説が出ている現状は、まぎれもなく異様なのだが、新聞小説の歩みが日本の文学史をつくってきたという事実は、どうあっても揺るがない。

誰の小説が載っているか。それによって新聞の売上げが変わると、かつてはたしかに言われていた。昭和二十九年（一九五四年）、正宗白鳥によって書かれた文章にも、こんなふうに出てくる。

「今日、新聞小説は新聞紙の売行を左右する威力を持っていると、私はその社会の人から聞かされた。百万二百万も販売される新聞紙の売行を左右する力を小説家が持っていることを、五十年来も文壇生活をして来た私が不思議がるのは、我ながら奇怪とも云えようが、事実として

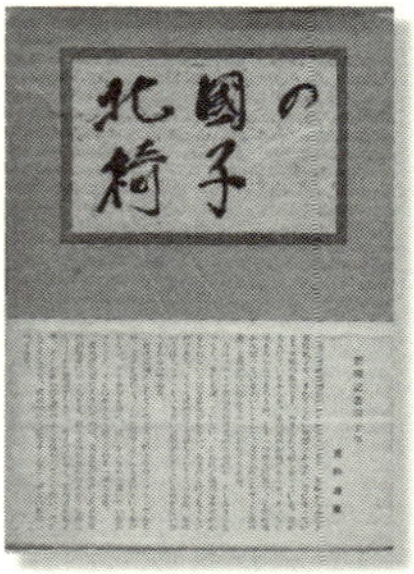

森川勇作『北国の椅子』

不思議なのだ。」（『文壇五十年』昭和二十九年十一月・河出書房刊）

白鳥といえば明治の後期に『読売新聞』で文芸記者を務めた経験がある。その彼が不思議がるくらいに、大正、昭和と進むにつれて新聞小説は爆発的に繁栄した。

中勘助『銀の匙』、有島武郎『生れ出づる悩み』、川端康成『浅草紅団』などなど、いまでも知られる作品が、もとは新聞連載だったという例は数多い。とくに夏目漱石、菊池寛、山本有三などは「新聞小説作家」とも呼ばれ、休む間もなく連載の舞台に駆り出された。新聞は読者層も幅広い。老いも若きも、男も女も、みんなこぞって一喜一憂、毎日夢中になってむさぼり読んだ。日本が戦争に明け暮れると、紙の調達が難しくなり、新聞のボリュームも縮小を余儀なくされたが、それでも小説が載らない日はなかった。すさまじい定着ぶりだった。

昭和二十年、戦争が明けたのを機に、その勢いはふたたび加速度を取り戻し、一気にピークにまで到達する。戦時中、物資の窮乏の影響を受けて、すべての夕刊が廃止されたが、復興とともに紙の流通事情が好転。昭和二十四年に満を持して夕刊が復活する。各社の販売競争は熱を帯び、いかに読者の興味を引くか、それぞれの担当者が売れる紙面づくりに奔走した。そのなかでも目玉となったのが新聞小説だった。

連載する小説や起用する作家で儲けが変わるのだ。上は社長から下は平社員の記者まで、連載の人選に気合いが入るのは当然だろう。当時『読売新聞』の記者だった高木健夫も、誰に書いてもらうかさんざん頭を悩ませた。永井荷風か源氏鶏太がいいんじゃないか。会議で進言したところ、誰も賛意を示さない。それならトップに直談判だと、社長の馬場恒吾に相談してみると、やはりそこでも一蹴された。理由はこうだった。

「荷風はもう滓《かす》だよ。もう新聞がつき合う作家じゃないよ。いわんや夕刊に使える若さじゃないよ」(「新聞小説史 昭和中期(三十六)」、『新聞研究』昭和五十六年二月号)

荷風は滓……。まったくずいぶんなことを言うものだ。

ただ馬場の意見にも一理ある。夕刊を誰にまかせるか、朝刊とは違う基準が求められたのは確かだった。一つには、娯楽性の豊かな小説が書けること。二つ目は、将来性のある若手であること。その条件に照らすなら、さすがに御年七十歳、よぼよぼの荷風に頼む人はいない。

ともかく昭和二十四年、各紙の夕刊が復活したことで、新聞小説の傾向ははっきりとする。売上げに直結した読み物であること。『日本新聞年鑑』は解説する。

「夕刊競争までの昭和二十四年度の新聞小説は、頁数が少いところから精選主義となり、各社とも良い作品をという点でのみ苦心した。紙の割当てが定められていて販賣方面からの注文が殆んど出なかつたことも、学芸部、文化部の良い作品をという意見が用いられる理由の一つとなつていた。」「センカ紙の増産と夕刊競争がはじまつた昨年(注・昭和二十四年)の十二月以來、新聞小説がたどつていた「良い作品を」の傾向は、新聞社の無理な出費をカバーし、また紙数を伸ばし得る可能性の前に放擲されてしまつた。それは、まず地方紙に著しく現われている。昭和二十五年九月二十一日現在の新聞協会の調べによると、夕刊六十五紙のうち、「まげもの」

を使っている社が四十九社もある。」（『日本新聞年鑑 昭和26年』昭和二十五年十二月・日本電報通信社刊、筆者は日本新聞協会会報課・友澤秀爾）

つまりはどういうことか。文学性などどうでもいい。読者の買いたくなるような小説を優先して載せていこう。……日本の戦後復興は、新聞各社のあらゆる部門に変化をもたらしたが、地方紙の夕刊に載る連載小説もまた例にもれない。ほとんどが時代・歴史物、いわゆる「まげもの」に埋め尽くされたというわけだ。

山岡荘八の「徳川家康」もそんな夕刊小説の一つだった。連載開始は昭和二十五年三月二十九日。以来、二度の休止をはさみながら足かけ十八年にわたり、えんえんと四七二五回も続くことになる。途中、講談社から単行本化されると「経営者必読！」と話題が拡散。巻を重ねるごとに松下幸之助、岩佐凱実、五島昇など、経済界のお歴々からも推薦を受け、昭和三十年代から四十年代、日本の高度経済成長期を代表する作品となった。

もともとメジャーな全国紙に載ったわけではない。初めに舞台を提供したのは『北海道新聞』の夕刊だった。地方で生を享けたものが巨大なベストセラーに成長する。いわば小説そのものが、小国からのし上がって全国を制覇した家康の人生と同じ展開をたどった、と言っていい。

では、なぜ出発が北海道の新聞だったのか。家康はとくに北海道とはゆかりがないのだ。あまりにも唐突に思えるそのいきさつをさぐってみると、やはり一人の記者にぶち当たる。

明治以来、道内には、札幌、小樽、函館など、それぞれの都市ごとに地方紙が発達した。ところが昭和十二年、中国で戦争を始めた頃からおカミによる露骨な介入が始まり、戦局が激しくなるにつれて言論統制が加速する。一県につき一紙を原則にして、各地ですったもんだの合併調整が進行すると、北海道でも十一の新聞が手を組まされて、昭和十七年十一月に『北海道新聞』が誕生した。略して『道新』とも呼ばれる。

他にも同じころに愛知県を地盤とする『中部日本新聞』（のちの『中日新聞』）が生まれ、九州北部には『西日本新聞』ができた。『道新』を含むこれら三紙は、対象が広域なことから「ブロック紙」と呼ばれたが、特定の地域に根差している点では地方紙としての性格が強かった。

実際『道新』には北海道のニュースがたくさん載った。文芸についても札幌の本社に学芸担当の記者が置かれ、道内の動きに目を配らせた。しかし山岡の連載を実現させたのは、社内的に主流だった彼ら本社の記者ではない。森川勇作。当時『道新』の東京総局で社会部にいた人だった。

大正七年生まれ、平成二十年没。北海道東部の弟子屈《てしかが》で育ち、若い頃は同地に住む詩人、更科源蔵に薫陶を受けて文学を志した。しかし詩などいくら書いても飯は食えない。十六歳のときに『釧路新聞』の見習い記者となったのを皮切りに『旭川新聞』『小樽新聞』と渡り歩く。仕事を重ねるうちに森川は悟った。記者に必要な文章は、詩人のそれとはまったく違う。自分は記者の仕事に徹し、もう詩の道はあきらめようと。

その後、文化部から社会部に移って北千島に従軍。戦後には東京に転勤して社会部のデスクとなった。『道新』の東京総局には文化部はない。学芸に関する記事はすべて社会部が担当したが、そこで森川の文学熱がふつふつと再燃する。積極的に人の集まりに繰り出すと、久米正雄、宇野千代といった知名な文学者を目撃して心を躍らせる。文学に対する森川の感情は、自らが取り組むものではなく、およそ憧れの領域へと変わっていた。

昭和二十四年、森川は『北海道ウィークリー』というタブロイド判の週刊誌を担当する。新聞と同様、そこにも毎号小説が載っていた。森川は何人かの作家に声をかけたが、そのなかに公職追放された山岡荘八がいた。昭和二十四年二月六日号から五回にわたって「人情追放」という小説を書いてもらい、それをきっかけに森川は山岡と付き合いを持つ。

まもなく『道新』で夕刊復活の計画が出たとき、誰に連載を頼むか、やはりその人選は難航した。そこでぴんとひらめいたのが森川だ。山岡さんはどうでしょう。きっと山岡さんなら引き受けてくれる。森川には確信があったのだ。

しかし話を持ちかけたところ、山岡は乗り気ではなかった。いわく、家康を小説化しようという腹案はある。しかし新聞に書くには構想がでかすぎる。すでに二、三の新聞から話がきたが、すべて断った。半年そこらの連載では、家康が生まれる前までしか書けないよ。うんぬん。

そう言われても森川は引き下がるわけにはいかない。ぜひともうちで書いてください。僕の顔を立ててください。相手の情に訴えて執拗に粘った。説得すること三時間半。最終的には山岡の首を縦に振らせてみせた。

このときの経験が、森川にとっては終生の誇りとなる。何しろ大ヒット作「徳川家康」を初めに書かせた記者なのだ。昭和二十九年には東京から北海道の本社に戻り、文芸から離れた部署をまかされて、その後は道内での記者生活に明け暮れたが、山岡との親交は長く続いた。

森川は胸を張る。

「小説家康を世に出したのは私だという自負と満足感はいまももっている。講談社に出版の根回しをしたのも私だった。」（『私本 記者物語五十年』平成十年一月・財界さっぽろ刊）

文芸を担当する者にとって、これほどの作品に携わったのは何よりの実績だろう。どんどん自慢していい。

ところがだ。回想文を読んでいても疑問に残ることがある。そもそも森川は、山岡荘八の小説のどこに惚れ込んだのか。なぜ山岡に小説を書かせようと努力したのか。理由の源がわからない。

森川が書いているのは、たとえば山岡と親しく酒を酌み交した話や、山岡が自分の息子夫婦の仲人になってくれたこと。どうでもいい話ばかりなのだ。有名な作家と知り合ったことを誇らしげに語る、ミーハーな姿しか見えてこない。自分でも「俗物的野次馬根性に富む僕」と言

森川勇作『私本 記者物語五十年』

っているが（「ある女描き」、『北国の椅子』昭和四十九年六月・凍原社刊）、たしかに俗物的としか言いようがない。

ちなみに一説には、山岡を起用しようと言い出したのは、実は営業担当の役員、中野以佐夫だった。森川は上司から命じられただけなのだ、とも言われている。真偽のほどはわからない。しかしなぜ山岡に頼んだのか。その理由を森川が文学的な熱意をこめて書き残しておいてくれたとしたら。文芸記者として素晴らしい働きをした、と手放しで称賛できるのに。いかにも悔やまれる。

あるいは文芸記者に必要なのは、確固たる文学観より、彼のような俗物性かもしれない。優先すべきは、売れる新聞をつくること。読者に愛される小説を載せることなのだ。仕事に忠実だったおかげで、森川は「徳川家康」を世に出せた。それを誇りに生涯を送れたのなら、他人が文句を言う筋合いはない。

十二、竹内良夫（読売新聞）

自分で小説を書きたかった人

竹内良夫『文壇資料　春の日の會』

戦後の混乱がいまだ尾を引く昭和二十三年（一九四八年）六月十五日。『朝日新聞』に小さな記事が出た。

「太宰治氏家出か」

東京・三鷹に住む太宰治が姿を消した。愛人の山崎富栄と一緒らしい。家族によって捜索願が出されている。……と、極めて短い記事だったが、『朝日』だけが報じたスクープだった。その年、同紙は太宰に連載小説を依頼。学芸部長の末常卓郎が連絡をとり合っていた。おかげでいち早く情報をつかめたのだ。

敵紙の記者はまだ知らない。『読売新聞』文化部に勤める竹内良夫も、その日の朝は家にいた。八時前後に目を覚まし、寝床で『朝日』をめくっていたところ、思わぬ記事を見つけて跳ね起きる。あの太宰か。心中グセがあるのは有名だ。果たして今度もそうなのか。記事を読んでもわからない。早く事情が知りたいと、竹内はあわてて自宅を飛び出した。

人の生き死にやトラブル、あるいは惨事。どんな不幸なことでも新聞はすべてを糧にして金《かね》にする。作家の自殺も例にもれず、明治二十七年（一八九四年）に死んだ北村透谷、大正十二年（一九二三年）の有島武郎、そして昭和二年（一九二七年）の芥川龍之介と、そのたびに、彼らが命を絶った背景を新聞は盛んに取り上げた。ほんとに読者が求めていたのか。正直よくわからない。ただ、新聞がうるさく騒いだことで、読者の感情が揺さぶられ、その死が伝説化されたのは否めなかった。

太宰の場合もそうだった。『朝日』の記事をきっかけに報道陣がぞくぞくと三鷹に押し寄せる。川に身投げしたことは間違いない。そんな噂が広がると遺体も上がらないうちから付近の景色を写真にとる。いくつか遺書が見つかれば、これも競って撮影する。豊島与志雄、林芙美子など、集まり出した文士たちにコメントを求め、二人が心中に至った事情を推測しては、ずかずかと取材に奔走した。

竹内も初めはその輪に加わった。しかし問題なのはそれからである。関係者たちに話を聞き、だいたい事態を把握すると、社会部の記者に引き継いで、さっさと本社に帰ってしまった。四日後にようやく遺体が見つかったが、もはや竹内が三鷹に行くことはなく、葬式にも出なかった。

なぜか。太宰の死があまりにショックだったからだ。

「私は敬愛する太宰治のナキガラなど見る気持がなかった。とくに水死体など、必ず醜悪だと思ったから。また、通夜にも二十一日の告別式にも行かなかった。悲しくなり霊前で涙でも流す姿を、私は人前に見せるのがくやしかったからだ。」（「太宰治とその周辺」、『太宰治の魅力』昭和四十一年十一月・大光社刊）

まるで新聞記者らしくもない。ナイーブとも言えるし、自分勝手にも見える。記者の職務は二の次で、なにより自分に正直に。文芸記者である前に、ただの文学信者であることを隠さない。それを突き通したのが竹内良夫だった。

大正五年、東京生まれ。少年の頃から文学にかぶれ、手広く作品を読み漁る。自分でも何か書きたいと思い、知り合った詩人の山之口貘に、はじめて文章を読んでもらったのが昭和十六年のこと。その後、戦争で海軍に取られるが、戦後は朝日映画社でニュース映画の制作に携わる。しかし仕事をしていても身が入らない。おれがやりたいのは文学なんだ。叫ばんばかりに次の職場を探して、昭和二十一年、知人のつてで『読売新聞』に転職すると、『月刊少年読売』を経て文化部の記者になる。

そこで多くの作家と知り合った。しかし生前の太宰とは面会の機会がなく、直接会っておけばよかった、と竹内はうなだれる。太宰の弟子を任じる田中英光とはよく飲み歩き、今日は新宿、明日は銀座。毎晩のように安酒をかっくらった。そんなある日、ハーモニカ横丁の居酒屋で、井伏鱒二の姿を目にとめる。太宰が書き捨てた反故のなかに「井伏さんは悪人です」とあったことが、竹内には引っかかっていた。思わず井伏に向かって叫んでしまう。「太宰を殺したのはオメエだぞ」。完全な悪酔いである。

前に『東京新聞』の頼尊清隆の酒グセについて触れたが、同じく竹内の人生もやはり酒なしでは語れない。こちらは頼尊よりどんよりとして、楽しく陽気な酒とは言えなかった。戦後、何をしても先の見えない息苦しさが、竹内を酒に向かわせたのだ。

親交のあった作家の中村八朗に、こんな表現がある。

「竹内が酒を飲んで時々見せる暗い絶望的な表情」(『文壇資料　十五日会と「文学者」』昭和五十六年一月・講談社刊)

生きていると鬱屈ばかりが積み上がる。飲まなきゃやっていられない、というやつだ。

昭和二十四年には『読売』も他社と同様、夕刊を復活させることになった。竹内の身も一気に忙しくなる。連載小説の原稿とり、紙面企画の準備、それに昭和二十五年に開始する読売文学賞の下働き。やることは日々たくさんある。これを機に記者稼業に邁進する道もあっただろう。ところが竹内は変わらない。会社員として生きるより、文学・文壇に対するおのれの情熱にあらがうことができなかった。

仕事とは別にものを書きまくったのも、その情熱の現われだった。小説や雑文を好んで書いては、読み物雑誌にたくさん売った。安月給を補うためだった、と竹内は言う。いやいや、そうとばかりは言い切れない。要は自分も作家になりたかったのだ。

とくに傾倒したのが、太宰も師事した佐藤春夫だった。はじめて会ったのは昭和二十四年十二月。新年に載せる詩を書いてもらえと上司に言われて、佐藤邸を訪れた。当時、文壇で無愛想なのは長与善郎か佐藤春夫だと噂され、竹内もかなりびびっていたが、じつは怖いのは顔だけで、意外にやさしい佐藤の物腰に、竹内はコロッと参ってしまう。積極的に出入りを重ねるうちに、作家と記者という垣根も取り払われて、まもなく佐藤を師と仰ぐようになった。『華麗なる生涯　佐藤春夫とその周辺』（昭和四十六年七月・世界書院刊）、『文壇資料　春の日の會』（昭和五十四年四月・講談社刊）といった著作に、佐藤に対する強烈な親愛が見て取れる。

「私の人生のなかで最も幸福に思う一つは、佐藤春夫という、飛び切り上等の人間に出会ったこと。」（『華麗なる生涯　佐藤春夫とその周辺』「あとがき」）

と竹内は断言する。公正たるべきジャーナリストが、そこまで一人に心酔して大丈夫か。はたから見るとそう思う。しかし竹内に迷いはない。自分も文学者の仲間でありたい。その気持ちに対して正直に生きた。

同世代の作家にまじって同人雑誌にも参加した。昭和二十九年、『読売』に勤めながら『下界』という雑誌を創刊する。和田芳恵、杉森久英、榛葉《しんば》英治などが同人に加わり、先輩として海音寺潮五郎が支援した。中から直木賞を受賞する者も現われ、文壇界隈では注目された一誌だが、竹内は進んで編集に携わった。自らも書き手として歩んでいきたい。竹内の思いは明らかだった。

いっぽう会社の出世には興味がない。文化部のなかでも浮いた存在で、とくに部長とはソリが合わなかった。文芸記者を約十年務めたところで、浦和支局に異動となる。ていよく文化部から追い払われた格好だった。左遷といってもいいだろう。

それを聞いて怒ったのが佐藤春夫だ。どうにか竹内を東京に戻せないか。系列の『報知新聞』ならおれも顔がきく。そこの文化部長のポストはどうだろう、おれが社長にかけ合ってやる。そんなことまで言い出した。なんと美しい師弟愛か。竹内が喜び勇んだのも無理はない。仕事帰りの酒の席で、竹内の気持ちも大きくなった。おれもうすぐ『報知』の部長になるんだよ。支局の人たちのいる前で、うっかり口を滑らせる。すると、それがめぐりめぐって関係者の耳に届いてしまい、話はまだ決まっていない、と『報知』が態度を硬化させた結果、けっきょく佐藤の好意はふいになった。人生うまくいかないものだ。

その後、かつての上司の温情で東京本社に戻されたが、最後まで出世には縁がなく、昭和四十六年に定年退職する。よし、これからは本腰を入れて小説を書くぞ。意欲を見せた竹内だったが、その思いが実ることはなく、文壇とは遠く離れて埋もれていった。没したのは平成五年十一月十八日。新聞には訃報も出なかった。

だが、何がどう転ぶか、世の中はわからない。没後まもなく竹内のことに関心を持ち、その生涯を記録に残した人がいる。

西村賢太、二十六歳。やがて小説を書き始め、平成十六年、同人誌『煉瓦』に発表した「けがれなき酒のへど」が『文學界』に転載されて注目された。しかしそれより前、当時はまだ作家でも何でもない。働きながら自腹を切って『田中英光私研究』という冊子をつくっていた頃のことだ。

西村は竹内のことを直接は知らない。知り合いの古本屋から訃報を聞いて、夫人の美枝子を訪問すると、聞き書きのかたちで竹内について書いた。

その文章を引く。

「氏は、同人雑誌を主に創作の方も発表しており、小説に賭けた夢を終生忘れなかった酔いどれロマンチストでもある。私のように自分の才能を半ばあきらめながらも、なおあきらめきれないでいる男にとって、竹内氏のような〝倒れて後已む〟の人生には、ひどく魅力を感じるのである。」（『田中英光私研究』第二輯、平成六年四月刊）

文芸記者をしながら作家志望を貫いた竹内のやる瀬なさが、西村の胸に刺さったのだ。もしも竹内が器用な人で、うまく人生を渡れていたら――。時空を超えて二人の意気が重なることは、おそらくなかっただろう。

十三、田口哲郎（共同通信）

恥かしそうに仕事した人

やたらと目につく文学賞がある。直木賞と芥川賞だ。どんな人が受賞したのか。一年に二回、結果が出るたび必ず記事になる。見ているこちらも感覚が麻痺して、それが普通だと思ってしまうが、両賞をとりまく報道の手厚さは、やはり狂ってるという他ない。

きっかけはよく知られている。昭和三十一年（一九五六年）一月、石原慎太郎が第三十四回芥川賞を受賞して、それが社会的なニュースになったからだ。奥野健男もこう言う。

「一橋大学在学の無名の学生石原慎太郎の書いた『太陽の季節』（三十年）が芥川賞に決まりました。この時、賞の選考会場には新聞記者、週刊誌記者たちが大勢押しかけ、翌日の新聞は社会面の記事として大々的にその受賞を扱ったのです。」（『日本文学史　近代から現代へ』昭和四十五年三月・中公新書）

高井有一『昭和の歌　私の昭和』

文学賞が文壇の枠を超えて注目されるようになった大珍事。現在までつづく異常な報道ぶりはここに端を発している。片棒を担いできたのは、まちがいなく文芸記者たちだった。

しかし、彼らが初めから躍動したかというと、そうでもない。石原が受賞した翌日、社会面に載った記事はあまりに扱いが小さく、『朝日』『毎日』『読売』などはいずれも一段に満たなかった。これを「大々的」とは、いやいや奥野、さすがに言いすぎである。

話題が広く波及したのは断然、週刊誌のおかげだったと言っていい。石原慎太郎とは何者か。受賞後すぐに『週刊朝日』が記事にした（二月十九日号）。『週刊読売』は「高校生と『性』」（同日号）と題して、作品に対する賛否の声や、新旧世代の対立を取り上げる。創刊したての『週刊新潮』も黙っていない。新潮社から出ることになった作品集『太陽の季節』の発売にも重なって、四ページにわたる特集を組んだ（三月二十五日号「若き『背徳者』の波紋」）。単行本は売れに売れ、五月に映画が公開されると、もはや手がつけられない。作品に出てくるような無軌道な若者たちは「太陽族」と呼ばれて、いいだの悪いだの大賑わい。いきおい芥川賞のニュース性も増幅した。

その渦に巻き込まれたのが文芸記者たちだった。みんなが騒ぐなら仕方ない。文学のことなら他の連中より詳しいという自負もある。こうして芥川賞を大きく取り上げるという泥沼に、ずぶずぶと足を取られていく。

以来、文芸記者は数々現われた。文学賞と縁のある人も少なくない。ただ、芥川賞との接点でいえば、この人にかなう者はいないだろう。共同通信文化部の田口哲郎。石原慎太郎とは奇しくも同い年、昭和七年に生まれた人だ。

大学は成蹊に入ったが、文学の熱に惹かれて一年で早稲田に転じ、生島治郎や青木雨彦らと同人誌をつくった。しかし昭和三十年、共同通信に入社すると映画の担当に配属され、いっとき創作からは距離を置く。仕事で日活の「太陽の季節」も観た。原作ももちろん読んだ。しかし田口にはぴんと来ない。若者世代をひとくくりにするジャーナリズムも気に食わなかった。

ときに映画界は産業として成長し、戦後の十年で全盛期を迎えていた。取材に行けば、威張った人や浮かれた人がうじゃうじゃいた。俳優たちに会ってみると表面上はきらびやかだ。しかし、いくら取材しても虚しさだけが胸に残る。決定的だったのは、田口がゴシップにめっぽう弱かったことだ。昭和三十二年、女優の岸惠子がフランスの映画監督イヴ・シャンピと結婚、という大ニュースがあったが、『産経新聞』がスクープするまで田口はまるで知らなかった。映画記者としては名折れに近い。三年務めたところで自ら配置替えを希望する。

新たに回されたのが文芸の担当だった。すると心機一転、企画を出し、取材に出かけ、急速にやる気を見せる。

あまり記者の行かない集まりに、好んで顔を出すのも田口の特徴だった。昭和三十四年、戦後の政策に反発するかたちで「國語問題協議會」が発足したが、会合があるたびに毎回欠かさず傍聴しては、その動きを支持する記事をたくさん書く。同会の福田恆存には、あなた、どうして熱心に来るんですか、と不思議がられるほどだった。

昭和三十三年に結成された「現代詩の会」という組織がある。詩人たち自身で活動の場を広げていこうとする血気盛んな集まりだったが、総会を開いても取材に来る記者などまずいない。そのなかで必ず足を運んだのが田口だった。詩人の三木卓が目にとめている。

三木卓『わが青春の詩人たち』

「ソフト帽をかぶっている共同通信の若い記者である。」「何かあると笑ったが、その目はけっこう大きかったのに含羞にみちていて、新聞記者さんというイメージからほど遠かった。」

(『わが青春の詩人たち』平成十四年二月・岩波書店刊)

含羞に満ちた人……。他にも田口を評した文章はたくさんあるが、似たような表現がたびたび出てくる。上司だった田英夫に言わせると、こうだ。

「目をパチパチといそがしくとじたり、あけたりしながら、鼻の頭に小ジワをよせて、早口でしゃべる。いつもなにか照れくさそうな話し方だ。」「毎週の出稿の企画をたてる会議でも、彼は大いにブった。そんなときでもいつも照れたような顔をしながら、たいへん良い企画をだしてくれた。」(『週刊文春』昭和四十一年二月十四日号)

やはり照れくさそうにしている。いったい何が恥かしいのか。胸に秘めることも多かっただろう。こういう姿を可愛がる物書きは多く、文芸記者としての仕事は順調だった。

昭和三十九年、東京にオリンピックがやってきた。敗戦から約二十年。ピッチを上げて街の景色は変わり、人々は浮足立った。新聞もここぞとばかりに盛り上がり、共同通信では大佛次郎に開会式の印象記を依頼した。田口はその担当を任されたが、どうにも気分が晴れない。世が熱狂する。すると背を向けたくなる。芥川賞や映画界に接したときと田口の感覚は変わらなかった。

その直後、田口は大阪支社に転勤となる。東京の喧騒から離れてほっとひと息。時間的な余裕、精神的なゆとりもできた。ちょうど東京を離れる前に、田口はある同人雑誌に加わったが、そこに載せるための小説をじっくりと練ることができたのは、大阪に移ったおかげだ、とのちに語っている。

田口が練り上げた小説は、昭和四十年、首尾よく同人雑誌に掲載される。すると思いのほかに評判がよく、『文學界』に転載され、ついには芥川賞の予選まで通過した。同人仲間の立原正秋には「頑張れ」と言われたが、いまさら頑張りようがない。嬉しいような、困ったような心境だった。

新聞で記者をしながら小説を書く人は珍しくない。とくに昭和三十年代は「記者作家」がたくさん出た。直木賞では山崎豊子（毎日新聞）、多岐川恭（同）、司馬遼太郎（産経新聞）、芥川賞では菊村到（読売新聞）、斯波四郎（毎日新聞）などの受賞が続く。しかし文芸を担当する現役記者がいずれかの候補に挙がるのは前代未聞のことだった。

選考会が近づいてくると、文芸記者には大事な仕事がある。受賞したと想定して、候補者のもとに話を聞きにいかなければならない。その回の候補者は、直木賞では新橋遊吉と北川荘平、芥川賞では島京子が関西圏に住んでいた。それぞれ取材は型どおりに済んだが、黙って去るのもどうかと思い、田口は最後にそっと告白する。実は私も候補者なんです、と。きっと恥かしそうな口ぶりだっただろう。

そして昭和四十一年一月十七日、第五十四回芥川賞が決まる。受賞したのは高井有一「北の河」。戦後まもなく自死した母の姿を、息子の目から見たもので、田口がペンネームを使って書いたまさにその作品だった。

小田切秀雄、大岡信、金子兜太と、仕事上付き合いのある人たちは、新聞を見て驚いた。なにっ、あいつが芥川賞だと。まさか小説を書いているとは知らなかったのだ。ふだんから自分の姿をひけらかさない。そこがいかにも田口らしい。

石原の受賞からちょうど十年。芥川賞の虚名は異様に膨張していたが、まぶしい場所を好まないのが田口の性格である。裏方の文芸記者を辞めずに続け、作家との両立が難しくなる昭和五十年まで共同通信で働いた。

当時のことを、田口は……いや高井有一は振り返っている。

「私が人前でこだはりなく筆名を口に出来るやうになるまで、ずいぶん時間がかかつた。」「私が自分を小説家だと、なかなか思へなかつた事と、どこかで関係がありさうな気がする。」

（『昭和の歌　私の昭和』平成八年六月・講談社刊）

実際、小説を書いていることが恥かしかったのだ、とも言う。芥川賞をとろうが関係ない。含羞に満ちたその姿勢。一本筋が通っている。

十三の補遺、小説を書く文芸記者たち

『読売新聞』の竹内良夫、共同通信の田口哲郎と、小説を書く人の話が続いた。文芸記者が仕事をしながら創作に向かうのは、この職業の成り立ちからして不自然なことではない。しかし大正末期から職能分離が進んだ結果、記者が作家を兼ねる例は次第に少なくなっていく。時代でいうと、昭和初期の戦争時代をすぎて経済復興の沸き出した昭和三十年代ごろまでが、その最後の隆盛だった。十代、二十代の若い頃に戦争を経験し、戦後、新聞記者の職に就いたものの自分の言葉で語りたい欲求が抑えきれず、無償の原稿を同人雑誌に書きつける。そうして竹内や田口以外にも何人かの人たちが「小説を書く文芸記者」として存在感を見せた。

田口が働く共同通信社には、小説を書く先輩が他にもいた。高橋義樹である。田口と同じく作家としては別の名前で知られている。「堀川潭《たん》」という。

大正六年（一九一七年）島根県益田市生まれ。上京したのち新聞業界紙『新聞改造』に勤めながら日本大学芸術科に学んだ。昭和十四年、同盟通信社に入った頃に、日本の戦局は抜き差しならない段階に陥り、高橋も海軍報道班員として南方に派遣される。木更津からサイパン島。

さらにはグアム島へ。しかし日本はだいたい押され気味で、昭和十九年（一九四四年）、アメリカ軍の上陸を許すと、島にいた日本人は万事休す。高橋もジャングルの中を放浪し、ついには相手に捕えられて、ハワイの捕虜収容所に送られる。それがどう間違ったのか内地には「戦死」として報告され、会社では粛然と社葬を施行。知人も家族も、死んだものとしてあきらめた。

ところが高橋は生きていた。昭和二十一年、命からがら帰国すると、まわりはみな驚いた。すでに同盟通信は解散して新たに共同通信社ができていたが、高橋は同社のもとに復職を果たし、特信文化部に配属される。年齢まもなく三十歳。人生まだまだこれからだ。個人的に書きたいことも山ほどある。日大時代の友人に交じって同人雑誌をつくると、精力的に執筆に向き合った。

高橋には一つの構想があった。ジャーナリストを中心とした雑誌をつくりたい。昭和二十五年、その企画を実現させて『文学生活』を創刊し、出会った作家や評論家のこと、あるいは自身が戦地で体験したことなどを書きつなぐ。昭和三十二年『運命の卵』（藝文書院刊）を出して以来、いくつか書籍も刊行したが、正直いって売れる作風でもない。長く会社にとどまって、職務に尽くすこと二十数年。同じような俘虜体験をもつ大岡昇平に原稿を依頼したり、奥野健男や小松伸六に文芸時評を書かせたり、昭和四十七年の定年まで俸給生活を続けたあとも、昭和五十二年まで嘱託として働いた。

記者には記者の仕事がある。創作はまた別のものだ。しかし一人の人間の中で、二つの顔を区切るのはそう簡単なことではない。高橋にしてもやはりそうで、共同通信の一室で同人誌のための原稿を書いていた、と後輩の田口は証言する。

「自分の文学について、堀川さんはどう考へてゐただらう。「今日は一日調査部の部屋にこもって、二十五枚の小説を一本書いた」と得意な表情を見せたのは、「橋」を主題の連作を続けてゐた頃だったか。堀川さんは、自作の載った雑誌を必ず私に呉れた。」（高井有一「晩年の明るさ」、『文学生活』七十五号、昭和五十四年七月）

会社の部屋にこもって私的な小説を書く。公私混同も甚だしい、などと口を挟める者は誰もいない。記者と作家の両立は、高橋＝堀川にとって人生そのものだったのだ。昭和五十四年二月四日没。享年六十二。

文芸記者を続けるか、物書きとして独立するか。高橋の場合は、さほど売れなかったこともあって会社員を続けたが、同じく記者人生をまっとうした人に『北海タイムス』の木野《きの》工《たくみ》がいる。

大正九年北海道旭川生まれ。旭川中学、北海道大学工学部で学んだ頃には日本は戦争を突き進み、昭和十八年、木野も繰上げ卒業となって学徒動員に応じると、横須賀海兵団に入団させられる。占守島への派遣を経て内地を転属。しかし木野が戦地に赴くまでもなく日本は敗戦を受け入れて、昭和二十年に戦争は終った。

木野がジャーナリズムの世界に関わったのはそれからのことだ。昭和二十二年に旭川で新聞をつくろうと、声をあげた田中秋声に同調し、『北海日日新聞』の創刊に参加する。記者として忙しく働くかたわら、文学への興味は抑えがたく、やはり地元の旭川にあった同人誌『冬濤』に加入。一介の参加者にとどまらず、すぐに雑誌の中核を担うようになると、昭和二十七年、編集責任者に就任する。まもなく『新潮』昭和二十八年十二月号に「粧われた心」が採られるなど、新進作家として注目を集め、同作が芥川賞候補になったのを皮切りに、昭和三十一年下半期、三十五年下半期、三十六年下半期で芥川賞、三十七年上半期、四十六年下半期で直木賞と、それぞれ候補に挙げられた。

年齢でいうと三十代から五十代の頃だ。忙しい仕事の合間を縫って同人雑誌や文芸誌に小説を寄せ続けたのだが、どんな考えで創作に臨んでいたのか。木野自身の言葉が残っている。

「私も新聞記者として暮らしているうちに、自分の心の中に澱んでくる世の中に対する怒りとか、日本の経済機構に対する憤りなどを自分のもっている素材の中で人々に訴えたい、そういう意図で自分の中にたまってくるものを小説の形で書いてきた」（「北海道文学風土記」、『文藝論叢』八号、昭和四十七年三月）

記者であることと小説を書くことが、一体化していたわけだ。その姿勢がよく出たのが「紙の裏」という作品で、同人誌『赤門文學』二号（昭和三十五年十月）に掲載されたあと第四十四回芥川賞候補に挙げられた。昭和三十四年、東京に本社を置く『読売』『毎日』『朝日』の三紙が札幌での印刷を開始して、本格的に北海道に進出したが、そのときに起きた乱売合戦をモデルに新聞販売の舞台裏を描いたものだ。賞には落選したものの永井龍男の強い推しで『文藝春秋』に転載され、有望な作家として脚光を浴びた。

厳密には木野は文芸専門の記者ではない。昭和三十二年、『北海日日』は『北海タイムス』に合併し、多少は組織が膨らんだが、全国紙や通信社とは比べものにならないくらい小規模だ。要は文芸に専任を置くほどの余裕はなく、木野の守備範囲はざっくり学術・文化全般と幅が広かった。

また地域性が鮮明だったことも、全国的な会社とは違っている。昭和三十五年、木野は東京総局に異動になって北海道を離れたが、読者の多くは道内にいる。直木賞や芥川賞が決まる前、候補者に北海道民が入っていれば、一気に忙しくなるのが宿命だ。事実、昭和四十三年下半期、沢田誠一が直木賞の候補になったときには、木野が予定稿を準備して選考の日を待った。逆の立場で木野が候補になれば、誰かが事前に取材して、受賞したと仮定した記事を準備する。仕事といえばそれが仕事だが、ほとんどが世に出ることはなく、はたから見ると虚しくもある。候補になるたび木野はその渦中に置かれ、諦観ともつかぬ冷静さを培っていった。

木野もどこかで大きな賞をとっていれば、会社を辞める芽もあっただろう。昭和四十六年、「檻褸《らんる》」で北海道新聞文学賞を受賞したときに、これでいよいよ筆一本ですね、と声をかける人もいたが、さすがにその程度で食っていけるほど甘くはない。結局『北海タイムス』論説委員を長年続け、かたわら創作を手がける人生を貫いた。

大きな賞といえば、何といっても直木賞と芥川賞だ。共同通信の田口哲郎は芥川賞を受賞してもしばらく記者を続けたが、同じく直木賞のほうの受賞者にも、会社を辞めなかった文芸記者がいる。『中日新聞』豊田穣である。

木野工『檻褸』

大正九年満洲生まれ。十歳のときに、父の郷里の岐阜県本田村に一家で戻り、その風土の中で成長した。日本がひたひたと軍国主義に進む折柄、豊田は十七歳で海軍兵学校に入学すると、職業軍人になるべく教育を受ける。卒業後、海軍の艦上飛行隊に加わって全国の基地を渡り歩くうちに、昭和十六年、日本がアメリカに宣戦布告。戦局は日を追うごとに厳しくなった。南方で苦戦が続いた日本軍は、どうにか一矢を報いようと〈い号作戦〉を計画する。航空母艦の飛行機を投入し、ガダルカナル、ニューギニアを攻めようとしたものだが、豊田も出撃の命を受けて、昭和十八年四月、ラバウルの基地を飛び立った。しかし下から敵の砲撃を食らい、ソロモン諸島の海上に不時着すると、漂流の身をニュージーランドの哨戒艇に見つかって、アメリカの捕虜収容所に送られる。このとき日本では戦死と認定されて、故郷では葬式が執り行われた。奇しくも共同通信・高橋義樹とも似た境遇だった。

敗戦後、豊田は岐阜の故郷に帰還する。まったく新たな人生を前に、いったい何を考えたか。文学を本格的に学んでみたい。しかしいまさら学校に通う余裕もなく、文学に関係しそうな職場を探した結果、中日新聞社にもぐり込む。まもなく公職追放で新聞社から離れたものの、昭和二十七年、中日新聞に復職。文化部に配属される。

記者生活と並行して豊田も早くから同人雑誌に参加した。『中部文学』『東海文学』『文芸首都』、そして昭和二十四年、地元名古屋で小谷剛らが立ち上げた雑誌『作家』の同人に加わると、心にたまった鬱屈をぶちまけるように次々と小説を発表する。

昭和三十一年、東京支社に異動となってますます仕事に忙殺された矢先、昭和三十四年に子供二人を残して妻が病死する。豊田は悄然として飲酒にふけった。

「この頃、私は三重苦の中にあった。旧軍人に世間の風は冷たく、また旧海軍の中では、元捕虜である私は批判の的であった。そして二人の子供を抱えた無類の文学青年……それが私のもがく姿であった。」(『戦争と虜囚のわが半世紀』平成五年五月・講談社刊)

それでも豊田は小説を辞めず、文芸記者のまま文学に打ち込んだ。やがて『中日』の資本下に入った『東京新聞』文化部に出向となると、いっそう身近に文芸を感じ、川端康成、中山義秀、その他多くの作家と親交をもつ。昭和四十一年下半期には芥川賞の候補、翌年、直木賞でも候補に挙がり、昭和四十六年一月、ついに長年の営為が報われる。自らお金を出して出版した『長良川』（作家社刊）が第六十四回直木賞を受賞したのだ。これでようやく陽の目が当たり、新聞、雑誌、書き下ろしと、原稿の注文も順調に増えた。専業作家で立つ土壌ができたのだ。

しかし豊田は新聞記者を辞めなかった。

「N賞をもらったときに、文筆業に専念すべきであったが、会社が出勤を自由にしてくれたので、それに甘えて、定年まで社員であることを続けて来たのである。そのようなところにも、彼の優柔不断は現われており、彼は自分でそれは認めていた。」（「割腹」、『割腹 虜囚ロッキーを越える』昭和五十四年十月・文藝春秋刊）

と、自らをモデルにした主人公のことを、豊田は描いている。五十五歳の定年まで約十年、そのまま『中日』『東京』に籍を置いたのは、優柔不断のせいだったのか。確かなところはわからない。ただ、少なくとも記者であることに居心地のよさを感じていたのに違いない。

小説が商業的に認められれば、専業でもやっていける。『朝日新聞』学芸部にいた澤野久雄は、四十七歳のとき、定年を待たずに会社を辞めた。

大正元年埼玉県浦和生まれ。早稲田大学を経て昭和十一年に都新聞社に入社する。所属したのは社会部だったが、もとより文学には関心が高く、友人だった石川利光らと同人誌『泉』を創刊する。『都新聞』は伝統的に記者から作家になる例が多く、長谷川伸や平山蘆江の時代から、昭和初期には北原武夫、井上友一郎、田宮虎彦、中村地平なども『都』で記者を務めていた。しかし会社の規則でよそに原稿を書くことは禁じられている。澤野はすきを掻いくぐって匿名で小説を執筆した。

昭和十五年、中途で『東京朝日新聞』に移籍したのち、大阪の整理部に送り込まれる。戦時中は軍隊にとられて埼玉の高射砲部隊に配属されたが、戦後、大阪に戻って学芸部勤務となったとき、運命的な出会いが訪れた。相手は藤沢桓夫《たけお》。古くから活躍している大阪在住の重鎮作家だった。

藤沢に勧められて、同人雑誌の『文学雑誌』に参加すると、澤野の創作欲があふれ出す。そこに載った「挽歌」という小説で第二十二回の芥川賞候補に挙げられた。受賞はならなかったが、選考会の前、面識のなかった川端康成から突然「挽歌」に対する感想を手紙で受け取り、その丁寧な批評に一気に心を撃ち抜かれる。以来、川端を師として公私ともども敬慕した。

昭和二十五年、東京本社学芸部に異動となった澤野は、文芸の担当となる。芥川賞は自身の取材対象でもあったが、昭和三十年下半期まで都合四回候補に挙げられ、そのたびに落選の報を聞かされた。同僚からは、

「お氣の毒さま。いいがけんにしないと、埃をかぶっちまうぜ。」

と嫌味を言われたものの（澤野久雄「私設・殘念賞」、『新潮』昭和三十四年三月号）、賞の当落は本人にはどうすることもできない。

仕事をしながら小説の執筆もやめることなく、十年近く二足の草鞋を履いた。文芸は机の上

だけでなく常に社会とつながっている。多くの現場に出向き、さまざまな人と会い、文芸のことを考えながら、しかも毎月給料が手に入る。澤野にとっても文芸記者であることは貴重な環境だったのだ。

しかし澤野は売れすぎた。週刊誌、婦人雑誌に小説誌。昭和三十年代、ものを書いてお金になる場は急激に拡大していた。それらの注文に応えるうちに、ついには自分の勤める『朝日』からも執筆依頼が舞い込んで「火口湖」を連載する。家に帰る時間も惜しんで都心のホテルに暮らす日々。もはや忙しさも限界に達して、昭和三十四年、会社を退いた。

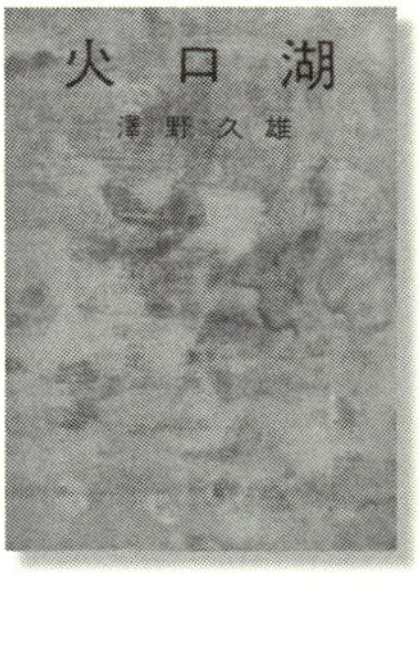

澤野久雄『火口湖』

高橋義樹（堀川潭）、木野工、豊田穣、澤野久雄。四者四様、働き方や文芸に対する姿勢もまちまちで、安易にひとくくりにするのは避けたいと思う。しかし、自分の中にあるものを表現したいとき、同人雑誌がいかに有効なツールだったのかはよくわかる。四人とも同人雑誌があって救われた、と言うことはできるだろう。文章を売る人が、お金にならない文章を、熱意を込めて書き続ける。それもまた、経済成長期の文芸記者をとりまく一つの様相だった。

十四、杉山喬（朝日新聞）

書評欄を変えようとした人

かつて書評には力があった。

本を紹介する。すると本が売れる。「力」とは何か。要するに宣伝効果のことなのだが、とくに新聞の威力は凄まじかった。書評で紹介されるだけで重版したんだよ。いい時代だったな。と懐かしげに語る人がいまもいる。夢のような話である。

新聞と書評。そのつながりの歴史は古い。大阪で出ていた『朝日新聞』が東海散士『佳人之奇遇』評を載せたのは明治十八年、『読売新聞』に「最近出版書」欄ができたのが明治十九年。その頃から各紙ともせっせと本を取り上げてきた。大正に入って新聞社は営利主義へと舵を切るが、ここで入ってきたのが欧米の風だ。たとえばイギリスの『タイムズ』は毎週、学芸記事を切り出して売っている。とくに「Times Literary Supplement（TLS）」などは書評に特化してい

週刊朝日編『ベッドでも本!』

て、単なる本の紹介ではなく、読み物として優れた記事も多かった。日本でもああいうものがつくりたい。それぞれの新聞で検討が始まる。そこから生まれた週一度の別刷りは日曜付録と呼ばれ、やがて『週刊朝日』『サンデー毎日』といった週刊誌が生まれる土壌となる。

いっぽう新聞の本紙でも、本の話題はたゆみなく発信された。書籍・雑誌の広告がずらりと並び、不定期ながら新刊短評の類いも片隅に載った。広告欄は版元がお金を払う。しかし紹介欄はもちろん無料《ただ》だ。本を売りたい出版社にとって、これほど魅力的な宣伝媒体は他にない。

『朝日新聞』が「読書ページ」を設置したのが大正十三年（一九二四年）で、毎週日曜に新刊批評を載せはじめる。新聞に載れば本の売れ行きに動きが出る。昭和の初め『朝日』の下村海南は、いかに本の紹介が盛んになったかをこう語った。

「新刊紹介なるものがいかに効力あるかといふことはかなりよく知られてゐる。」「僕はかなり多くの書冊をおくられて是非僕の批評をのせてくれといふ、それには未知の人が少くない。時には批評文の原稿を封入して登載を求められる分もある。」（「新聞のスペース物語」、『刺客漫談』昭和六年七月・四條書房刊）

大正から昭和にかけて、書籍と新聞、両者の親和性はみるみるうちに高まった。『朝日』の「読者ページ」は戦時中にいったん姿を消したが、昭和二十年代、出版界が息を吹き返すのに合わせて、おのずと復活を果たす。

『朝日』がどんな読書欄をつくるのか。その動向はとくにインテリ層に注目された。読書が好きな彼らはだいたい『朝日』がお気に入りで、他紙に比べて一目も二目も置いていたからだ。たとえば大野正男は昭和二年（一九二七年）生まれの弁護士だが、家で購読していた何紙かの中で、大蔵官僚だった父がいつも最初に『朝日』を読んでいた姿が忘れられないという。

「親父の読む新聞の順序が新聞そのものの順序であるという印象をうけましたね。」（鼎談「朝日新聞と自民党の綱引きが現代日本」、『丸谷才一と16人の東京ジャーナリズム大批判』平成元年十月・青土社刊）

こうした読者の期待がある以上、『朝日』も読書欄には気を使わざるを得ない。うちはよそより格調が高いのだというプライドもある。どんな書評を載せればいいか。戦後、社内で研究班がつくられ、さまざまなかたちを検討した。その中で生まれたのが『朝日評論』の書評ページだった。

昭和二十一年三月に創刊された同誌では、しばらく書評欄はなかったが、昭和二十三年十月号から評者を据えて新刊批評のコーナーができる。しかし専門家が見知った相手の本を紹介しても、仲間うちの挨拶程度で面白くない。どうすれば読者のためになる書評になるか。いろいろと考えた結果、外部の識者にお願いしながら編集部との共同責任で選書する。一人で決めるのではなく、必ずみんなで話し合う。会議を経た批評という建前を守るために、記事は無署名で発表する。昭和二十四年二月号から、この方式を導入して書評を始めたのだ。

うん、これはいい。とひそかに膝を打ったのが、同じ『朝日』に籍を置く新聞記者、扇谷正造だった。生まれは大正二年、宮城県涌谷町の出身で、東大文学部から『朝日』に入社したのが昭和十年のこと。戦前は社会部勤務、あるいは従軍記者として働いたが、戦後は『週刊朝日』デスクを経て、昭和二十四年、学芸部の次長に就任する。夕刊の学芸欄を担当することになって扇谷は考えた。そうだ、『朝日評論』のような合議の書評をやってみようと。声をかけたのは、浦松佐美太郎、河盛好蔵、臼井吉見、坂西志保、永井龍男……。扇谷がこれぞと目をつけたインテリたちだった。

するとまもなく、一つの記事が出版界を揺るがせる。当時夕刊には「青眼白眼」というコラム欄があり、複数の人が持ち回りで書いていた。昭和二十五年十月四日、担当したのが（あとむ・D）こと坂西志保。光文社から出たばかりの波多野勤子『少年期』を絶賛したところ、これが爆発的に売れ始め、発売半年で四十万部を超えてしまったのだ。『朝日』で紹介されれば本が売れる。その威力をまざまざと世間に見せつけた。

その後、扇谷は『週刊朝日』の編集部に移ったが、衆議で本を選ぶやり方に手ごたえを感じて、週刊誌のほうでも同じかたちを採り入れる。「週刊図書館」と名づけられたこの企画は、ものの見事に評判をとって、同誌の看板コーナーに成長した。

「取り上げられると再版確実、誉めてあれば三版確実と言われました。」（「「週刊図書館」40周年記念鼎談」の扇谷の発言、『ベッドでも本！　週刊図書館40年（昭和45年―59年）』平成五年十月・朝日新聞社刊）

まさに夢のような話である。

時代は戦後の復興期、新聞界も出版界も拡大する未来を疑わなかった。日々つくられる本の数は飛躍的に伸びつづけ、新聞各紙も、終戦の頃にはペラ一枚だったものが二ページから四ページ、八ページと増えていく。不定期だった『朝日』の読書欄が週一回かならず載るようになるのは昭和二十七年七月のことで、以来、日本の経済成長は、書籍と新聞の関係をいっそう強固に結びつけていった。

波に乗った扇谷の活躍も止まらない。販売に苦戦していた『週刊朝日』を売れる雑誌に仕立て上げると、昭和二十八年には菊池寛賞を受賞。昭和二十九年、同誌の部数を単号あたり百万部の大台に乗せ、朝日のスター社員として社外でも顔を売った。その扇谷が本紙の編集局に戻ったのが昭和三十五年のことだ。いよいよ学芸部長を任される。

このときも扇谷は、週刊誌時代の自分のブレーンを頼りにした。浦松や犬養道子、今日出海などなどの顔ぶれで、やり方も『週刊朝日』を踏襲し、読書委員会なるものを結成する。扇谷には持論があった。書評は誰のためにあるか。読者のためだ。なのに『朝日』の書評はいかにも堅い。もっと興味のわくような書評を載せなきゃ駄目だ。以心伝心、読書委員たちは扇谷の心をよく知っている。彼らに自らが理想とする大衆性のある書評を期待したのだ。

さすが扇谷部長。まったくおっしゃるとおりで、反論のしようもない。部員たちもみな賛意を示し、この方針に喜んで従った。……と続けたいところだが、ここで敢然と歯向かった記者がいる。

いわく、売れる本は放っておいても売れるじゃないか。俺たちの仕事は他にある。堅かろうが武骨だろうが、埋もれてしまうような地味な良書を探すことに『朝日』の書評は価値があるんだ、と。

声を上げたのはいったい誰か。名を杉山喬という。扇谷とは違って華々しさの乏しい、愚直さだけが取り柄の記者だった。

大正七年、埼玉生まれ。慶應義塾の法学部を出て朝日新聞に入社する。昭和十八年からおよそ三十年、在職した間に文芸専任だった形跡はない。しかしここでは、学芸部のなかでも書評の仕事を広く「文芸」ととらえて杉山の姿に焦点を当てたい。

政治部、浦和支局、通信部などを経て、学芸部に配属されたのが昭和二十七年。上司になった影山三郎の仕事ぶりを目の当たりにして、杉山は感銘を受ける。影山は戦時中に報道班員として南方に従軍した人だが、戦後フィリピン・レイテ島で捕虜となり、収容所で仲間たちと『曙光新聞』を発行した。これからは民衆の時代だ。新聞もみんなと一緒につくらなければ駄目なのだ。強い信念を抱いて帰国すると、ひときわ読者の声を重視して、家庭面に「窓」(のち「ひととき」)という女性投稿コーナーを設置。戦後の新聞のあり方を模索した。

国家や組織、そういう大きなものには靡《なび》かない。日陰の花にこそ価値を見る。そうだ、それこそ新聞記者じゃないか。杉山は共感した。

とにかく杉山は権威や権力が大嫌いだった。こんな逸話がある。あるとき社長の広岡知男の家に立ち寄ったところ、同行していた編集委員がいきなり社長夫人にゴマをする。応接間にはこれみよがしに絵画が掛けてある。くだらない。堪えかねて杉山は容赦なく切り込んだ。

「広岡さん、むなしくないですか」

いいぞ杉山。もっと言ってやれ。

権威的なことでは『朝日』の学芸部も同様だった。読書委員には任期がなく、扇谷の仲間たちが牛耳っている。取り上げてもらえば本が売れると、出版社が揉み手擦り手で寄ってくる。それが杉山には気に食わない。

扇谷が部長職を退いたあと、杉山は読書面のデスクに就任する。すると扇谷カラーを取り去るために、即座に大鉈をふるってみせた。十年近く読書委員を続けた人たちの家をまわって、委員会をいったん解散すると告げたのだ。

この行動が波紋を呼ぶ。

「浦松氏は、顔色を変えた。

犬養さんは、「マンションの支払いのオカネに困ってしまうわ」と訴えた。

のちに、杉山は、「強引なことをした」とこの解散で評判をたてられる。杉山は読書委員が長くなる弊害をなくすため、新メンバーの任期を一年間としたのである。」（『朝日新聞記者の証言4　学芸記者の泣き笑い』昭和五十六年一月・朝日ソノラマ刊、西島建男「第五章　読書面と記者」）

犬養道子の反応が面白い。権威あるところにお金は集まる。集まってしまうのだ。それを払拭するためにも杉山は持論に立ち返る。できるだけ小さい出版社、光の当たりにくい本を取り上げよう。

杉山は語っている。

「(引用者注:『朝日』の書評では)大出版社の本が優先的にあつかわれるということはありえないことで、むしろ小出版社をエンカレッジしようという空気の方が部内には強い。」(座談会「「読書欄」を語る」、『新聞研究』昭和四十七年十一月号)

敢然と己の信念を押し通した。

ところがだ。権威あるところに集まるのはお金だけではない。批判もまた束になって飛んでくる。『朝日』の書評というだけで、大手の本しか相手にしないと見る人は多く、杉山がどれだけ努力しても悪口の矢はやまなかった。もっと誰も知らない良書を載せろ。えんえんと攻撃された。無念だ、杉山。そのまま定年を迎えると、影のごとく社を去った。

歴史上『朝日』の書評といって、だいたい注目されるのは扇谷の功績だ。杉山の名を語る人は、まずいない。

十五、伊達宗克（NHK）

大きな事件で名を上げた人

昭和二十年代、扇谷正造は『週刊朝日』を立て直す。しかしそれは、週刊誌繁栄の序章にすぎなかった。昭和三十年代に入ると、新聞社だけでなく出版社も次々と市場に参入して一気に週刊誌ブームが訪れる。

『週刊東京』『週刊新潮』『週刊女性』『週刊大衆』……他にも既存の雑誌が模様替えした『週刊アサヒ芸能』『週刊ベースボール』などもある。いずれもカラーの表紙で読者の目を引き、中を開ければ写真やイラスト、図表などが盛りだくさん。パッと視覚に訴えた。たしかに活字を追って文章を読むのは面倒くさい。いかに「文字だけの情報」から脱却するか。本も新聞も、時代はビジュアル化へとなだれ込んでいく。

そして時も同じくこの時期に、出版界を揺るがすとんでもない新顔が現れた。まさしくビ

伊達宗克『放送記者』

ジュアルもビジュアル、活字による情報伝達を遥かに超えてしまったモンスター。テレビである。

日本放送協会(NHK)が本放送を始めたのが昭和二十八年(一九五三年)二月。その年の八月には民放の日本テレビも開局する。街頭に、職場に、お茶の間に……。またたくあいだにテレビの受像機が世間に広がり、虜になる視聴者も激増した。

その状況に不安を覚えたのが、他でもない活字の世界の人たちだ。あんなものろくでもない。表面的で底が浅い。必死にテレビを批判して、活字の優位性を唱えだす。大宅壮一が次のような有名な言葉を吐き捨てたのも、そんな活字人の苛立ちの表われだった。

「ラジオ、テレビというもっとも進歩したマス・コミ機関によって、〝一億白痴化〟運動が展開されているといってもよい。」(大宅壮一「言いたい放題」、『週刊東京』昭和三十二年二月二日号)

活字と映像。文芸とテレビ。敵なのか。はたまた仲間なのか。昭和三十年代から四十年代、両者のあいだにはバチバチと火花が散った。たとえば文芸のニュースでいえば直木賞・芥川賞の発表報道がある。新聞がその決定を報じるのは早くても翌日の朝だが、テレビは夜のニュースですばやく世に広めてしまう。直木賞にしろ芥川賞にしろ、単なる新人賞にすぎない。しかしテレビが扱うと実相以上に凄そうに見える。速報性。影響力や波及力。そういった面では新聞などが敵う相手ではなかった。

さて、新聞社に記者がいるのと同じように、テレビにもれっきとした記者がいる。NHKには報道局があり、現在、文芸ニュースは科学・文化部が受け持っている。ただ、この部門ができたのは平成三年になってからで、昭和の頃には社会部が担当していた。この時代、文芸記者と呼べそうな人は見当たらない。しかし文学史上に名を残した記者なら一人いる。伊達宗克。NHKの報道記者である。

昭和三年、愛媛の生まれ。旧制松山中から日本大学芸術科に進学し、新聞学科を卒業した。昭和二十八年『毎日新聞』系列の東京日日新聞社に入社したものの、事件記者として数か月間しごかれて、抜きつ抜かれつの記者生活にやりがいを見出したところで転職を決意する。飛び込んだ先はNHK報道局。まだ歴史も浅い新興メディアだった。

元の同僚、勝部領樹によれば「記者になるために生れてきたような男」だったという（『週刊新潮』昭和六十三年一月二十八日号「墓碑銘」）。東京地検、最高裁、法務省、宮内庁、警視庁、衆参両議院など、お堅い現場を長らく担当したが、休みの日であっても伊達には関係ない。どんなときでも目を光らせて、私生活を犠牲にしてでも取材に取り組んだ。実際、伊達が文芸に関わる記者になれたのは、その猛烈な仕事ぶりのたまものだった。

昭和三十六年、代議士の有田八郎が裁判を起こした。相手は作家の三島由紀夫である。三島の『宴のあと』は有田と料亭の女将・畔上輝井《あぜがみてるい》をモデルにした小説だが、『中央公論』に連載中から、俺たちの私生活を覗き見するな、と有田は抗議を申し立てる。しかし新潮社から単行本化されることが決まったと知って、有田もいよいよ堪えきれず、謝罪広告と損害賠償を求めて三島と新潮社を告訴した。その後、審理は三年に及び、結果、東京地裁は有田の訴えを認める判決を下す。いわば三島側が負けたわけだが、被告側が控訴してまもなく、昭和四十年に有田が死亡。三島たちは有田の遺族らを相手にして和解の道をさぐり出す。

このとき伊達は社会部の遊軍記者だった。日本初のプライバシー裁判がどう決着するのか。ニュース価値はたしかにある。取材をするうち、三島のところにも話を聞きにいく。すると応じた三島は存外にやさしく、伊達さん、少し待ってくれませんか、書いていいときが来たら知らせます、との感触を得る。しばらく経った昭和四十一年十一月、和解成立のニュースはNHKが最初に報じたが、これは伊達がものにしたスクープだった。

裁判だけではない。当時、三島のまわりには多くの話題が渦巻いていた。ジムで鍛えたムキムキの身体を披露しては、こじゃれた豪邸で夜な夜なパーティーを開く。日本には民兵組織が必要だと主張して、自衛隊に体験入隊したのが昭和四十二年のこと。また、『午後の曳航』が国際的な文学賞「フォルメントール賞」の二次投票で二位となり、次のノーベル文学賞をとるのでは、と憶測が流れたのもこの年だった。ニュースの匂いがするとなれば、伊達の鼻が動かないわけがない。以前にもまして三島に接近し、礼節と積極性を使いわけながら相手との距離を詰めていく。まさに事件記者・伊達の得意とするところだった。

昭和四十三年十月、伊達は発表の前日にノーベル文学賞の情報を入手した。今回は川端康成が受賞らしい。報道局に連絡をとって、明日に備えて原稿を準備せよと伝えたところ、ほとんどの記者は聞く耳を持たなかった。社会部の一記者にそんなネタがつかめるわけがない。一笑に付してやりすごした。

そして十月十七日、発表の日がやってくる。以下、NHKで待機中だった後輩記者、柳田邦男の文章を引く。文中「D」というのが伊達のことだ。

「D記者は午後ちらっと社会部に現われただけで、どこかへ消えていたが、午後六時過ぎ、突然無線で呼んできた。

「こちらD、現在三島由紀夫さんの車に乗って、川崎を通過中。鎌倉の川端邸に向かっている。ニュースが入電したら知らせよ」

なんという手まわしのよさ。受賞と同時に、川端、三島の二人の談話を聞ける態勢に入っているのだった。」（「私のサラリーマン時代」、『事実の時代に』昭和五十五年十月・新潮社刊）

午後八時、外信部に決定の知らせが入った。その瞬間からNHKの中はてんやわんやの大騒ぎ。速報を出すのが民放より三十分も遅れてしまうほど混乱した。しかし、渦中の川端と三島が対談する様子を、翌朝すぐに放送できたことで、どうにかNHKの面目は保たれた。伊達の手柄だった。

三島との信頼関係は揺るぎないものとなり、伊達はたびたび三島の相談を受けるようになる。たとえば、伝えたいことを効果的に訴えるにはどうしたらいいか。三島はしきりに聞きたがった。昭和四十五年の夏ごろ、酒の入った会食中にも、伊達はこんなことを質問される。

「私が切腹したらＮＨＫのニュースになりますか。中継されますかねえ。」

もちろんです、と伊達は即答する。だが、なぜあのとき相手の心情を見抜けなかったか。伊達は後になって大いに悔やんだ。

「いま振り返ってみると、彼はこんな形でサヨウナラを告げていたのかもしれない。」「私は、人の心の奥を見きわめる力が足りなかったのだと、いまなおホゾを嚙む思いである。」（「三島由紀夫事件の体験」、『放送記者』昭和五十五年七月・りくえつ刊）

しかし、三島の意思を伊達が知ったとして何ができただろう。状況は見えないところで刻々と動いていた。三島があえて自分の決意を告げなかったのは、伊達に迷惑をかけまいとする気遣いだったに違いない。

三島にとって生前最後のメディア露出は、知られるとおりテレビの生中継だったが、その現場には伊達もいた。昭和四十五年十一月二十五日正午ごろ、陸上自衛隊市ヶ谷駐屯地の総監室を、三島と彼に同調する若者たちが占拠する。事前に三島から電話を受けて、呼ばれていた記者は二人だけ。『サンデー毎日』の徳岡孝夫とＮＨＫの伊達だった。両者ともに結局バルコニーで演説する三島の姿を下から眺めることしかできなかったが、現場で三島の命を受けた若者から直筆の手紙を渡される。そこには自分の行動と考えを正しく報道してほしい、と依頼する文章が綴られていた。

なぜこの二人が選ばれたのか。徳岡は振り返る。

「いま思うと活字メディアから私を、映像メディアから伊達さんを選んだのでしょう。」（『戦後史開封』平成七年一月・産経新聞ニュースサービス刊）

いつも自分の姿をどう見せるか演出してきた三島が、ここぞというときに選んだのは、週刊誌とテレビの記者だったわけだ。文芸は活字の範疇にとどまらない。そんな歴史の流れを見事に象徴していた。

伊達宗克『裁判記録「三島由紀夫事件」』

三島から後事を託された伊達は、その後いくつかの大きな仕事を成し遂げる。自ら裁判を取材して『裁判記録「三島由紀夫事件」』（昭和四十七年五月・講談社刊）という貴重な記録をまとめ上げると、「ルポルタージュにっぽん〝楯の会〟の歳月」（昭和五十五年）を手がけて電波に乗せた。伊達は文芸記者ではない。しかし三島事件に関する仕事ぶりは、文芸専門の新聞記者に決して劣るものではなかった。

それを可能にしたのは、伊達の記者信条と深く関わっている。記者に大切なことは何なのか。伊達は後年こう語った。

「取材する側とされる側の、全く相反した立場の間に生まれる〝信頼関係〟こそがすべてであると信じている。」（『放送記者』）

信頼関係を築く。言葉でいうのは簡単だ。ただ、生きた人間同士、その境地に至るのはなかなか難しい。

最後の日、三島が伊達を現場に呼んだのはたしかに相手を信頼していたからだ。その思いに報いるにはどうすればいいか。差し出された手を握り返す気持ちで、伊達は三島事件と向き合った。そういう律儀さがあったからこそ、伊達は三島に信頼されたのだ。記者になるために生まれてきた、と言われるのも大いにうなずける。

十六、百目鬼恭三郎（朝日新聞）

多くの作家を怒らせた人

風『風の書評』

人の悪口は面白い。痛烈な罵声。諷刺のきいた当てこすり。言われたほうは気分を害して、しばしば喧嘩に発展するが、的を射ている毒舌は、ときに多くの読者を魅了する。見ているだけでドキドキする。

新聞の歴史を通して、辛辣な批評はいつの時代も人気があった。みんな好んで人の悪口を読みたがったのだ。とくに昭和の初め、寸鉄人を刺すような匿名批評が大流行。昭和六年（一九三一年）に『東京朝日新聞』が雑誌短評コラム「豆戦艦」を始めると、昭和八年には『都新聞』が「大波小波」、『読売新聞』が「壁評論」、昭和九年には『東京日日新聞』が「蝸牛の視角」を設置する。どれもかたちは似たり寄ったりで、書き手は実名を明かさない。姿を隠して矢を放つ。何て卑怯なやつなんだ。いいや、匿名だから真っ当な批評ができるんだ。文章の内容よりそのやり方に賛否の声が入り乱れ、おのずと盛り上がりは過熱した。

書き手として起用されたのは、駆け出しの評論家、あるいは売れていない作家たちだった。誰が誰やら、もはや跡を追えない人も少なくない。対して自ら覆面を脱いだ人に青野季吉、木村毅などがいるが、なかでもこの時期、一気に売れっ子になった匿名批評家がいる。杉山平助だ。

前半生は苦難つづきの人だった。子供の頃からからだが弱く、肺の病気で慶應義塾を中退すると、いっときは貧民窟に寝泊まりし、香具師や精神病院の監守などさまざまな職を転々とした。生田長江の門に入って小説を書いたこともあったが、四十手前になった頃、『朝日』の「豆戦艦」欄に「氷川烈」の名前で登場すると、その激しい筆づかいで注目を浴びる。よほど鬱憤がたまっていたのだろう。どうせ匿名で書くなら怨恨・嫉妬をぶちまけろ、と拳を振り挙げ、昭和十年代の文壇で相当な羽振りを利かせた。

ただ、当の本人は、他人をとやかく言える人物ではなかったらしい。五歳下の大宅壮一は言う。

「特に彼は一倍激しい欲望の持ち主で、名誉慾、権力慾、金銭慾、わけても女性征服慾が異常といっていいくらい強かった。世に出たときはすでに中年を越していたので、青春を無慚にも浪費したという気持が強く、経済的余裕ができると共に、一挙に、最大限にすべての欲望を充たそうとしたのであろう。」(「匿名批評の先駆者」、『「無思想人」宣言』昭和三十一年三月・鱒書房刊)

のし上がってやるぞという強い野心。筆一本で食っていくには、そのくらいの気概が必要だということか。

いずれにしても、新聞に載る匿名批評といえば、だいたい書き手は外部のライターが多い。戦後「猿取哲」として活躍した大宅もそうだった。「白井明」こと林房雄、あるいは臼井吉見、平野謙、小松伸六、十返肇、そのほか数限りないフリーランスの物書きたちが、匿名の原稿を売っては生計を立てた。対して新聞社に勤める文芸記者は、職務上、人に書かせて給料を得る。記者自身が短い批評を手がけないわけではなかったが、その場合は無署名で載るのが通例だった。

と、そこにひとつ異色のコラムが登場する。昭和四十八年二月十六日、『朝日新聞』夕刊で始まった「作家Who's Who」である。「子不語」なる匿名子が、毎週一回、一人ずつ作家を取り上げ、これまでの作風や今後の見通しについて辛辣な意見を綴ったものだ。対象は純文学の書き手から、中間小説誌で見かける作家、推理・SFの人までと幅広い。

たとえば瀬戸内晴美に対しては、こんな批評が放たれた。

「社会主義運動とウーマン・リブの先駆者ということのほかは、なにほどの意味もない人物である伊藤野枝や管野須賀子を扱った伝記物「美は乱調にあり」「遠い声」などが成功していないのは、ウーマン・リブという主題にすっぽりよりかからざるを得ない弱さのせいなのである。」（『朝日新聞』昭和四十八年五月二十五日夕刊）

ネチネチした文体。トゲだらけの論評。いったい「子不語」とは誰なんだ。連載中から話題になる。どうせまた若手の小遣い稼ぎか。と思われたところ、連載の最後になって名が知れる。『朝日新聞』に勤める文芸記者、百目鬼《どうめき》恭三郎だった。

大正十五年生まれ、平成三年没。生地は小樽の港町だが、父の転職に伴って東京へ、そして群馬県の前橋へと移り住む。子供の頃から才気煥発、頭は切れるが口が悪い。旧制の前橋中学から新潟高校に進むと、まわりはみんな秀才ばかり。しかし負けず嫌いの百目鬼は自分の知識をひけらかし、友人たちを圧倒する。東京大学では英文学を専攻し、コリンズの『月長石』で卒論を書いた。

一年ほど前橋高校で働いたあと、昭和二十七年の暮に、朝日新聞社に入社する。そこでも生意気な態度はまるで変わらず、うんちくを披露しては周囲に議論をふっかけた。入社四年で学芸部に異動、以来さまざまな人に噛みついたが、被害者のひとりが学芸部長の扇谷正造だ。扇谷も古今東西、堅い話題からどうでもいい雑学までよく知っている。あるとき部下たちを前にして西部劇のことを語り出した。すると途中で、それは違うぞと声が上がる。百目鬼だった。

まさか部下から反論されるとは思わない。扇谷は思わず絶句した。部内には白々しい空気が流れ、それから扇谷は百目鬼を敬遠するようになる。ひそかに囁かれた戯れ歌いわく、「泣く子もダマる扇谷がダマる百目鬼」。

文芸記者は外に出かけて、人から話を聞くのも大事な仕事だが、百目鬼はこれが大嫌い。そのくせ、自分が中心になれるなら、やたらと活き活きしはじめる。直木賞・芥川賞の選考会の日は、各社の記者たちが集まって発表を待つ。そんなとき、ここぞとばかりに百目鬼は、すべての候補作を読んでいき、受賞が決まるまでのあいだ、ベラベラと講評を垂れるのだ。

別に誰も頼んでいない。聞かされるほうも辛かっただろう。同席していた記者は語る。

「ここまかに論評するんですが、全部否定です。」「つまり百目鬼採点によれば、四年も五年も、当選作が一本もでないことになるから、かれが選者だったら、受賞作なんかまるで出ないことになり、われわれの仕事は上ったりだ」(『週刊文春』昭和四十五年五月十一日号)

得意そうにしゃべり散らかす百目鬼。愛想笑いで応じながら辟易する記者たち。そんな場面がまざまざと目に浮かぶ。

当然のように上司には疎まれ、社会部、調査研究室に飛ばされたのち、五年ほどで再び学芸部に舞い戻る。そこで手がけたのが「作家Who's Who」だった。すでに年齢は四十半ば。立場も状況も違うが、杉山平助にも似て鬱積した思いもあっただろう。それが匿名批評のかたちで花ひらく。

連載中には、怒っている作家がいるぞと、噂がいくつも飛び交った。現に筒井康隆などは、ほぼリアルタイムで反論文を書いて応酬した。当然、さまざまな反応が百目鬼の耳にも届いたが、まるで意に介さない。そして連載が本になったときにこう反撃した。

「悪口をいわれて腹を立てるのは、人間性が健全な証拠である。実をいうと、私はそれまで、この人たち（引用者注・批評されて怒った人たち）があんな小説を平気で書いていられるのはどういう神経なのか、よくわからなかったのですね（笑声・拍手）。それがこれでよくわかって安心したような次第であります。」（「この本の宣伝のための架空講演」、『現代の作家一〇一人』昭和五十年十月・新潮社刊）

何とも意地がわるい。鼻につく。嫌味ったらしくて、思わず笑ってしまう。

百目鬼の胸に煮え立つマグマはこの程度ではまだまだ収まらない。連載が終わって一年半、今度の仕事は新聞を飛び出し、『週刊文春』の誌上で新たな匿名批評を任される。昭和五十一年十月七日号から始まった書評欄「ブックエンド」に「風」の署名を使って書き始めた。これも次第に、誰がやっているんだと話題を呼び、のちに『風の書評』『続風の書評』（昭和五十五年十一月、昭和五十八年二月・共にダイヤモンド社刊）の二冊にまとまったが、ベストセラーや流行作家の本から、人文関係の専門書まで、取り上げる本はほぼ酷評。該博な知識を駆使した衒学的な書きっぷりで、一挙に敵を多くする。

担当は昭和五十七年十月二十一日号まで続き、その後『週刊文春』に「風」に斬られた作家たちのコメントが載った。同じ『朝日』記者の伴野朗なども、かなり強い調子で吐き捨てている。

「あの人のいうことは的はずれで、同じ社でもおつきあいしたくないなあと思っていました。顔を思い出すのも不愉快。」（『週刊文春』昭和五十八年二月二十四日号）

その他、田辺聖子、井上ひさし、梅原猛など、誌面には怒りの言葉がずらりと並んだ。しかしここでも百目鬼はひるまない。「私はプロレスの敵役みたいなもの」とうそぶいて、匿名批評がいかに有意義かを得々と語ってみせた。もはや誰が何を言っても通じそうにない。

まもなく昭和五十九年、五十八歳で朝日新聞社を退社する。最後まで組織の中では出世しなかったが、それはそうだろう。自分が一番正しいと思い込み、注意されても言い負かしてやろうと歯向かう人だ。三十一年余り、よくも会社員を続けたものだと思う。

悪口は面白い、とはじめに書いた。しかし、百目鬼の文章をまとめて読むと、さすがに心が傷んでくる。博識。自信家。辛口批評にうってつけの人だったのは間違いない。ただ、新聞・雑誌でときどき接するぐらいが、百目鬼の場合はちょうどいい。

十七、金田浩一呂（産経新聞、夕刊フジ）

エッセイでいじられる人

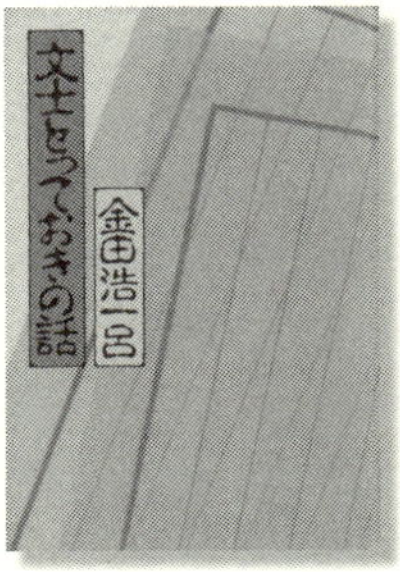

金田浩一呂『文士とっておきの話』

人と衝突ばかりしていた百目鬼恭三郎はその強気な姿勢で有名になった。対して、だいたい同じ時代の昭和五十年代以降、まるで違った風合いで文壇を渡り歩いた文芸記者がいる。あまりに個性的で、若い頃の阿川佐和子はその男にほのかな恋ごころを抱いたともいう。

いや、ほんとうに恋なのか。真相はよくわからない。ただ、阿川家のみんなに好かれた記者がいたのは紛れもない事実だった。昭和四十七年（一九七二年）から五十年、父の弘之が『産経新聞』で「軍艦長門の生涯」を連載する。担当の記者がしばしば阿川家を訪れ、ときには一緒に食卓を囲むこともあった。「かねやん」と呼ばれたその男は、年の頃は四十すぎ。ひょろ長く痩せた体型で、ヨレヨレと力なく現われては、人の話を聞いているのかいないのか、いつもトボけたことを言って場を和ませた。

弘之の表現を借りると、こうなる。

「見たところ服装態度、歩き方、もの言ひ、すべて貧乏つたらしく、新聞記者らしい俊敏性皆無、」「何しろ物ごとの呑みこみが異常に悪く、かねやんと喋つてゐると、話が必ずとんちんかんな方向へ進展する。」（阿川弘之「六十の手習ひ」、『七十の手習ひ』平成七年六月・講談社刊）

連載中の昭和四十九年、弘之は「長門」終焉の地を訪ねるために、南洋マーシャル群島を旅行する。同行したのが「かねやん」こと『産経』の文芸記者、金田浩一呂《こういちろ》だ。海底に眠る軍艦をどうにか探せないか。弘之は必死に現地で交渉する。そのわきで、英語のしゃべれない金田はぬけぬけと酒を飲み、南国の旅を満喫した。

「電話もない、新聞もない。仕事は何もしなくていいのだから、こんな楽しいことはない。」「一方、阿川さんは、楽しそうな私を、呆れたような眼で眺めて、「お前さんの先祖はここらの出かも知れんな」と言いながら浮かぬ様子で部屋にこもっていることが多かった。」（金田浩一呂『文士とっておきの話』平成三年十一月・講談社刊）

道中この調子が変わることなく、一緒にいてもまるで役には立たなかった。気が利かないどころの騒ぎではない。能天気ぶりが度を超している。しかし、どこか憎めない。

文壇で知らない者はいないと言われた唯一無双の名物記者、金田浩一呂は昭和七年、宮崎県に生まれた。一家の暴君だった父を五歳で亡くし、おっとりのんびり屋の母に育てられる。戦時下の環境で多感な少年時代を過ごしたのちに、中央大学法学部を卒業。昭和三十七年、産経新聞社に入社する。整理部、甲府支局を経て昭和四十三年、東京本社に異動となったが、政治部か社会部に行きたいという本人の希望は却下され、配属されたのが教養部（のちの文化部）だった。正直、文学については詳しくない。そこから、かねやんのズッコケ行状記が幕を開ける。

取材のために黒井千次の家に訪れたときのことだ。帰りぎわ、黒井がバナナでもどうですかと勧めたところ、はあ、それはどうも、と四、五本あったバナナを全部ポケットに突っ込み、涼しげな顔で帰路についた。「やることなすことすべてケタ外れ」な人だった、と黒井は振り返る（『産経新聞』平成二十三年九月二日）。

失敗談には事欠かない。同郷宮崎出身のママがやっている文壇バーでのことだ。宮崎じゃ先輩の言うことは絶対だぞ、今日は勘定をタダにしろ、と金田が駄々をこねはじめる。あれは冗談だったんだ、と本人は回想するが、酔っ払いの冗談ほどつまらないものはない。ママも毎度のことで辟易していたところ、奥の席にいた男がすっと歩いてきた。「よし。今夜の彼の分は、おれが持つよ」。いったい誰だと顔を見れば、なんと吉行淳之介だ。吉行が勘定を済ませて立ち去る背中を、金田はただ呆然として見送ることしかできなかった。

間が抜けているのは酒の場だけではない。仕事の上でもひやひやすることを平気でやらかした。

昭和四十四年、瀧井孝作が読売文学賞を受賞した。瀧井の師といえば誰か。神様ならぬ志賀直哉だ。取材を受けないことで知られていたが、談話をもらえと上司に言われて、金田が電話してみると、瀧井君のことなら仕方ない、とあっさりOKが出る。話を聞きに志賀邸を訪れた金田は、志賀と、瀧井の弟子にあたる島村利正の前でせっせとメモをとった。ところが、その格好を見て島村はびっくりする。金田がおもむろに足を組んだからだ。「いやあ、志賀先生の前で足を組んだ記者など初めて見ましたよ」とあとで島村に言われて、金田はぽかんとする。あわあわ、あれは違うんだ。先生に字を見られるのが恥かしくてノートを膝に乗せたんだよ、それで書きやすい姿勢をとっただけなんだ、と弁明した。しかし人にどう見られているのか、とくに気にせず失礼な態度をとってしまう。おっちょこちょいの金田らしかった。

エピソードを挙げていってもきりがない。このくらいで切り上げて先に進もう。『産経』文化部に昭和五十一年まで勤めたあと、辞令を受けて職場が変わる。異動したのは産経新聞社が出していた夕刊タブロイド紙の『夕刊フジ』。同紙の学芸部員として文芸を担当した。

スポーツ紙や夕刊紙は、あまり文学史では注目されないが、日本の戦後文学を語る上でその功績を無視することはできない。駅の売店に大量に並び、仕事帰りのサラリーマンが毎日買っては読み捨てる。政治、経済、犯罪など、生活に根差した内容はもちろんのこと、スポーツ、競馬、芸能をはじめとする娯楽の記事も大きな柱で、小説やエッセイがたくさん載った。いかに読者を喜ばせるか。新人からベテランまで多くの書き手がしのぎを削る重要なメディアだった。

馬見塚達雄の『「夕刊フジ」の挑戦——本音ジャーナリズムの誕生』（平成十六年九月・阪急コ

ミュニケーションズ刊）という本がある。同紙の歴史や紙面づくりについて、担当記者たちの証言をもとに構成した貴重な一冊だが、ここに山藤章二がイラストを担当した連載エッセイの話が出てくる。始まりは梶山季之の「あたりちらす」。次に山口瞳「飲酒者《さけのみ》の自己弁護」と続いたのちに、筒井康隆、井上ひさし、五木寛之と勢いのある人気作家をぞくぞくと起用していき、同紙が誇る名物企画になった。

学芸部長だった平野光男は言う。

「梶山や山口が書いて評判になったことで、あとから書く人が『負けるもんか』と気合をいれ、それが好循環になった。単行本の約束をとりつけようと、新潮社や講談社といった大出版社が『次はだれが書くんですか』とさぐりを入れてくるし、連載がはじまると奪い合いになった。」

（『「夕刊フジ」の挑戦』）

笑いもある、怒りもある。人の感情をなまなましく披露したエッセイは『夕刊フジ』の人気を支える呼び物となった。

「随筆」ではなく、あえて「エッセイ」と表記したい。昭和の半ば、三十年代以降に栄えて大衆に愛された文芸ジャンルといえば、まず上位に挙がるだろう。真面目な小説を書く作家が、そのいっぽうでユーモアあふれるエッセイを量産する。先陣を切ったのは昭和三十五年に出た北杜夫『どくとるマンボウ航海記』（中央公論社刊）だが、それと人気を二分した遠藤周作の「狐狸庵」ものは昭和四十年『狐狸庵閑話』（桃源社刊）から始まった。そして『夕刊フジ』の創刊が昭和四十四年。……同紙が生まれて部数を伸ばした時期は、日本のエッセイ隆盛時代でもあったわけだ。ちなみに遠藤の『ぐうたら人間学』（講談社刊）は昭和四十七年に本になって爆発的に売れた一冊だが、もとは『夕刊フジ』に「狐狸庵閑話」の題で連載されたものである。

硬派なものから下世話なものまで、みんな好んでエッセイを読んだ。等身大で多くの人が共感するものはベストセラーリストに躍り出て、無名の書き手が突如売れっ子になる例も続出する。そんな時代に金田は『夕刊フジ』に移って、多くの作家にエッセイを書かせた。

頭のネジが何本か抜けているような、覇気に乏しい記者だった。しかし、そのおかげで作家に愛され、広く人脈を築いたのだから、優秀な人だったと言っていい。開高健や遠藤周作などは、あの人がいるならと『夕刊フジ』への登板を引き受けたという。

昭和六十二年に定年後、金田自身もたくさんの雑文を世に放つ。『文士とっておきの話』や『恐妻家日記』（平成八年三月・講談社刊）など、書き手の飄々とした人柄が出ていて面白いのだが、やはり何と言っても彼自身が変わっている。愛敬のあるドジっぷりは文芸記者でも類を見ず、阿川親子や遠藤にエッセイでいじられ、恰好のネタにされた。エッセイの時代が来たおかげで、金田も輝いた。

最後に、その粗忽さが最もよく出た逸話を紹介したい。仕事柄、金田は外で夕食を取ることが多く、家で食べるときは事前に自宅

金田浩一呂『恐妻家日記』

に連絡した。その日も電話をかけて「今晩はメシを食うぞ」と言ったところ、返ってきたのは上品な女性の声。「あら、金田さん、今日はうちで御飯をあがるんですか」。相手は弘之の妻。間違って阿川家にかけてしまったのだ。あまりのそそっかしい失敗ぶりに、阿川家のなかでも大盛り上がり。佐和子の心がきゅんと動いたとしても無理はない。

十八、藤田昌司（時事通信）

出版ビジネスに精通した人

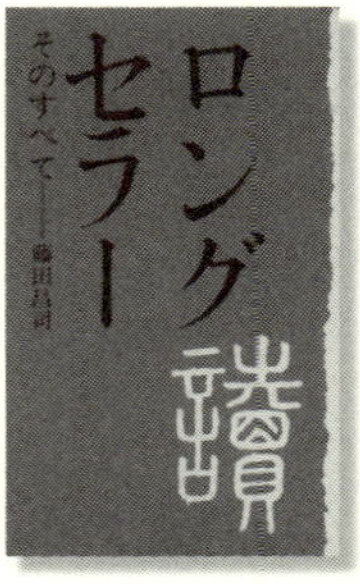

藤田昌司『ロングセラー　そのすべて』

昭和二十年（一九四五年）、戦争に敗れた日本は、経済の立て直しに取り組んだ。出版の世界も一歩一歩と復興が進み、編集、印刷、流通、小売、それぞれの現場で上昇気流を巻き起こす。本を出す。たくさんつくって、多く売る。一万、十万と大量部数が売れる事例も続々と生まれて、長者番付には吉川英治、谷崎潤一郎といった流行作家が登場した。

昭和三十一年には、二十歳を過ぎたばかりの石原慎太郎が『太陽の季節』を処女出版。すると瞬くうちにベストセラー街道を突っ走る。昨日まで無名だった人でも一冊の本で人生が変わる。ぼくもわたしも小説を書いて一獲千金！　の夢が一気に身近なものになった。

「小説家はもう貧乏である必要がなくなってしまった。小説を書くという仕事は、あたれば有利な事業に匹敵する。その例はけっして少なくない。」（『小説家―現代の英雄―』昭和三十二年六

月・カッパ・ブックス）

と荒正人が書いたのが昭和三十二年のことだ。商品価値があるかないか。経済的な視点で文芸作品を見る風潮はもう誰にも止められない。ベストセラーを詳しく報じる歴史はそこから動き出した。

なぜ売れたのか。どんな秘密があったのか。分析する記事がしばしば新聞にも載りはじめる。売れた事実から逆算した単なるこじつけではないか、と首をかしげる記事も多かったが、しかし本が売れた話題はたしかに面白い。書き手や編集者はもちろんのこと、取次、宣伝、売り場づくりなど、そこには生きた人間の血潮が渦巻いているからだ。面白くないわけがない。

『毎日新聞』の山崎安雄は、明治四十三年（一九一〇年）に埼玉で生まれ、昭和十三年に入社した古株の記者だった。八王子支局、地方部、整理部と渡り歩き、本の世界とはほとんど縁がなかったが、戦後、出版局に移った頃から本をとりまく人たちへの知的興味があふれ出す。岩波書店や春陽堂書店など、数々の出版社の盛衰を、あたかも自分が見てきたように書き綴り『著者と出版社』（昭和二十九年六月・学風書院刊）として上梓した。

さらに山崎が注目したのがベストセラーだった。どんなタイトルが多いのか。テーマはどうか。宣伝方法は。……明治期の尾崎紅葉『金色夜叉』から昭和半ばの小田実『何でも見てやろう』まで、多く売れた本の実状を調べた上で『ベストセラー作法』（昭和三十六年九月・白凰社刊）なる本を書き上げる。

山崎の持ち味はその筆致にあった。脱線したり妄想したり、自分の感情を全開にして暴走しまくるのだ。たとえば『ベストセラー作法』に吉田紘二郎のことを語るくだりがある。吉田は大正から昭和初期、『小鳥の来る日』などの随想集がよく読まれた作家だが、山崎も子供の頃から好きだった。あまりに好きすぎて記者になってから本人に会いに行き、実物の人柄にも惚れ込んで、私的な親交を深くする。晩年、吉田がパーキンソン病を発症したときには、どうにか手術を受けてもらおうと山崎は必死に奔走した。本の話はそっちのけで、そんな自らの交流を綿々と綴ってみせたうえで最後にこう付け加える。

「つい思い出にふけって筆がすべったが、先生こそベストセラー作家といえるだろう。いまの作家は、ひとつの作品が当たっても、次は問屋がおろさない。しかし先生の場合は、吉田紘二郎という一個の人格に対する信仰だった」(『ベストセラー作法』)

もはや分析でも何でもない。個人的な思い入れにすぎないことを堂々と言う。いかにも無邪気で可愛げもある。山崎の特徴がよく出ている。

山崎とは対照的に手堅い考察を得意としたのが『図書新聞』の田所太郎だ。ベストセラーを熱心に語ったことでは、この人も山崎には劣らない。明治四十四年東京生まれ。東京帝大在学中に『帝国大学新聞』を編集する。戦争中には日本出版文化協会で『日本読書新聞』を切り盛りし、昭和二十四年自ら『図書新聞』を創刊した。『朝日ジャーナル』昭和四十年十月十七日号から昭和四十二年三月二十六日号に「戦後ベストセラー物語」という企画が連載されたが、これを発案した一人でもあり、自身でも各年代の出版概況や、永井隆『この子を残して』、占部都美『危ない会社』などの回を担当した。

その田所に言わせると、山崎の『ベストセラー作法』などは、「消息通の域を出ないものだったが、半面、消息通ならではの、おもしろい裏話を盛りこんでいる本であった。」（「昭和二〇～二五年の出版界」、『ベストセラー物語（上）』昭和四十二年五月・朝日新聞社刊）

ということになる。山崎が大衆的な書き手だったとすると、田所は専門性の高いジャーナリストの代表だった。

両者はお互い面識もあり、一緒に取材をしたこともある。たとえば光文社で「カッパ・ブックス」を立ち上げた神吉晴夫には、二人揃って話を聞きに行った。山崎はぐいぐいと質問をする。田所は一歩ひいて神吉が答える様子を観察する。感情を押し出すタイプと、冷静に分析するタイプ。まるで個性は違っていても、それぞれ特徴を生かした仕事を数多く手がけ、ともに出版ジャーナリズムの歴史に大きな足跡を残して世を去った。

昭和三十九年、山崎のほうが先に死んだ。享年五十四。田所はその後も『図書新聞』の経営に奮闘したが、出版界がいくら繁栄したところで書評紙は儲からない。資金繰りに苦しんだ末に、昭和五十年自ら命を断った。享年六十三。

二人が灯したベストセラー報道の火は、彼ら自身が亡くなっても決して消えることなく次世代に続いていく。この時期、先達の跡を追うように、大衆性と専門性を兼ね備えた一人の文芸記者が現われた。時事通信社の藤田昌司である。

昭和五年、福島生まれ。無線講習所を経て、昭和二十四年に時事通信社に入社する。特信部（のちの文化部）に配属されたのが昭和三十四年で、家庭、テレビ、美術などを手がけたのちに、任されたのが出版業界の担当だった。

当時、取次の日本出版販売（日販）に宗武朝子という人がいた。編集、印刷、製本など業界全般に顔のきく名物社員だったが、藤田も毎週彼女に電話をかけて、ベストセラーのデータを聞くうちに自然と親しくなる。その頃を振り返って藤田は書く。

「宗武さんは、業界同好の士と「わらし会」というのを作り、幹事役をつとめていた。」「私も誘われて入会し、何度かつき合った。そんなわけで、私もいつか、出版通の記者になっていた。」（藤田昌司「「新刊展望」と私」、『新刊展望』平成十六年三月号）

宗武の存在が大きかったのはたしかだろう。しかし人の集まりにすっと身を入れ、みるみる仲良くなって出版通になった藤田の能力も侮れない。この社交性こそが藤田にとっては絶対的な武器だった。

今日はあちら、明日はこちら、と走り回ること十年弱。日本出版学会の鈴木敏夫にも信頼されて、一冊の本を書く仕事が藤田に舞い込んでくる。よし、とやる気を出して、戦後のベストセラーの中でも飛び抜けて売れた本について関係者に取材を敢行。『100万部商法《ミリオンセラー》 日米会話手帳から日本沈没まで』（昭和四十八年十一月・地産出版刊）としてまとめ上げた。

また、昭和五十三年から翌年には、時事通信のほうでも「ロングセラーの秘密」を連載配信する。こちらも関係者を丹念に訪ね歩き、ベストセラーに至った舞台裏を調べたものだが、そのときの取材ノートをもとに『ロングセラー　そのすべて』（昭和五十四年十月・図書新聞刊）を完成させる。取材と考察のバランスがとれていて、いま読んでも参考になる一冊だ。

藤田自身、かなりのやりがいをもって取り組んだことは、同書に収められた文章からも見て取れる。

「一つの本がベストセラーとして核爆発を起こすとき、その本の内容だけでなく、それに呼応する社会状況が必ずあると考える」「その状況を分析してみるのが好きなのだ。」（「あとがき」）

そうだ、好きなことをやるのはいいことだ。社会の動きと照らし合わせて本や流通のことを分析する。自分の興味をぶつけられるテーマと出会えたことは藤田にとっても幸運だった。

経済の成長に合わせて、出版マーケットもぐんぐんと盛り上がる。事典、全集といったボリューム満点のものから、美術書、写真集などのビジュアル系、ハードカバー、ソフトカバー、新書、文庫、児童書、絵本、詩集、歌集、句集、限定本、ありとあらゆる書籍がつくられる。雑誌のほうも多種多彩で、総合誌、文芸誌は言うに及ばず、芸能、音楽、映画、スポーツ、バラエティ豊かな印刷物が書店の棚を賑わせた。それと同時にベストセラーの売上げ規模も異様に膨らみ、十万部、百万部は当たり前。昭和五十五年、山口百恵の『蒼い時』（集英社刊）が発売一か月で百万部に達したのも束の間に、翌年春に出た黒柳徹子の『窓ぎわのトットちゃん』（講談社刊）はさらに記録を上回って、一年足らずで四百万部を突破するなど、本や雑誌が狂ったように売れまくった。

ランキングの様子も様変わりして、従来のような文芸書ではなくタレント本が上位を占めた。何なんだこの現象は。と多くの人が関心を寄せたが、こうなると藤田の腕がますます唸る。版元、売り場、読者の好み、その他もろもろ調査の結果を組み合せて解説するのはお手のもの。時事通信の記事だけでなく、『青春と読書』『本』『創』など他の雑誌からも声がかかって大量に原稿を書きまくり、出版全盛の嵐に押されて藤田の仕事は快調に回った。

そのまま定年を迎えて時事通信を退職したのが昭和六十一年のこと。同社に嘱託として残って、平成二年まで図書編集に携わる。なかで藤田のつくった一冊が平成元年の『死体は語る』だ。著者の上野正彦は東京都監察医務院長を務めたその道の専門家で、これが初めての著作だった。題名をどうしようかと話し合ったところ、『死体は語る』じゃ夜に亡霊が出てきそうで売れないんじゃないか、と上野は難色を示す。しかし、いいや、こっちのほうが絶対売れます、と藤田が押し切ってみれば、一年で三十万部を刷るほどの大爆発。タイトルのインパクトが売上げを左右する例は古今東西あまたある。長年ベストセラーと接してきた藤田の経験が見事に活きたわけだ。

ところがだ。その後、藤田は出版の専門家にはならなかった。いや、出版のことも語ったのだが、文芸記者時代にインタビューした作家を中心に、その作品を評論することに仕事の重心を移していく。

藤田は言う。

「作家のデビュー作から最新の話題作まで、代表的作品をすべてクシ刺しにして、その作家の文学観、人間観、史観、世界観などを抽出してみたい——そんなことを考えたのは、まだ文芸担当の新聞記者だったころだ。」（『迷宮めぐり　現代作家解体新書』平成四年五月・河出書房新社刊「あとがき」）

えっ、そうだったのか。

しかし読んでみると、藤田の書いた文芸評論は圧倒的につまらない。多くの本を読み、対象となる作家に思い入れがあることは伝わるのだが、常識的な枠を出ない平凡な解説にとどまっている。出版事情を解説していたあの頃の切れ味はどこに行ってしまったのか。藤田の素晴らしさは、相手とすぐに打ち解ける取材力、社会を見据えて本を取り上げる分析力にあったのに。晩年、あたら「文芸」っぽいほうに向かったのが残念でならない。

十九、井尻千男（日本経済新聞）

長期連載で鍛えられた人

菊池寛賞という賞がある。つくられたのはずっと昔の昭和十三年（一九三八年）で、まだ菊池寛が存命中の頃だった。菊池率いる文藝春秋社は昭和十年から直木賞・芥川賞を運営して、新人作家の発掘で大きな成果を上げていたが、長く作家を続けてきた先輩たちも顕彰したい、という思いが菊池にあり、あえて自分の名を冠した賞を制定。直木・芥川と同じく財団法人日本文学振興会の主催とした。昭和十八年度まで続けたものの戦争のためにやむなく休止し、戦後、菊池が死んだあとに復活する。しかしこのとき賞の規定は一新され、芸能人から日の当たりづらい裏方まで、マスコミに関係する幅広い立場の人たちが対象となった。

昭和四十四年十月、第十七回菊池賞が決まったが、この回の受賞者も例年に負けず劣らず、かなり奇妙な並びだった。石川達三、大佛次郎、という二人の重鎮作家とともに選ばれたのが、

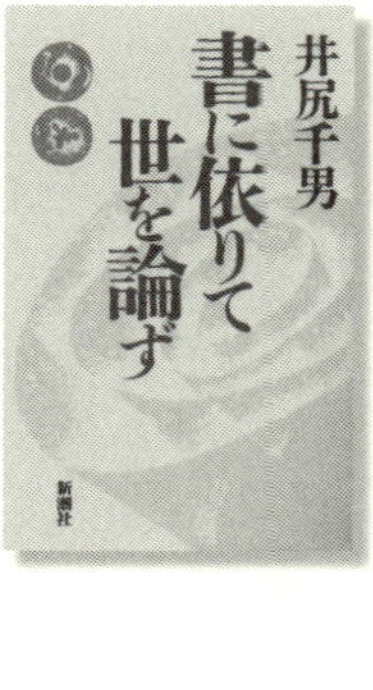

井尻千男『書に依りて世を論ず』

日本経済新聞社文化部だ。授賞の理由は「新鮮にしてバラエティと創意に富む紙面づくり」というもので、新聞の編集そのものが表彰されたのだ。菊池賞、ほんとに変わった賞である。

新聞には文化面や読書面がある。時評、短信、読み切りの寄稿など、どの新聞もだいたい紙面は似たり寄ったりだ。ところが『日経』は一味違う。『朝日』『毎日』『読売』『産経』といった他の全国紙とは一線を画し、独自の路線をひた走る。あまりに独自すぎて、当時も文芸の本流とは言いがたかったが、その異質さこそが最大の強みだった。どうしてこんな文化面が生まれたのか。さかのぼって成り立ちのところから見てみたい。

そもそも『日経』は、明治九年（一八七六年）に創刊した『中外物価新報』を前身とする。明治二十二年に『中外商業新報』と改題したのち、昭和十七年には類紙を吸収して『日本産業経済』となった。紙名が表わすとおり、創刊の頃から中身はずっと経済や商売の話題ばかり。文芸、芸術、その他文化に関する記事は添え物のように扱われてきた。

昭和二十一年に『日本経済新聞』として再出発したときも、文化部はまだない。同部が発足したのは昭和二十七年になってからで、文化面のページができたのはさらに遅れて昭和三十一年三月一日と、他紙に比べて後発も後発だった。

文化面ができたときにも順調に始まったわけではない。のちに文化部長になった大石脩而が語っている。

「当初は、経済専門紙である日経が、なぜ文化面（あるいは運動面）をつくるのか、それよりも経済記事に一層多くのスペースをさき、経済専門紙としての充実をはかるべきではないのか、という意見もあったと聞いている。」(『新聞研究』昭和五十二年五月号「〝人間くさい文化面〟をめざす」)

まったく正論を突いている。新聞が文化のことを扱う必要なんてほんとにあるのか。別になくたっていいわけだ。

いきなり文化部は難題にぶつかった。しかし、そこで持ちこたえられたのはなぜなのか。肝の据わった一人の記者が初代の文化部長だったからだ。その名を筒井芳太郎という。社内・社外で厳しい意見を投げかけられても、はあそうですか、と耳を傾けたふりをして、まったくへこたれた様子がない。まわりに流されないマイペースな人だった。

明治三十八年秋田に生まれた筒井は、このとき四十六歳。二十代の頃には『燃料之日本』という業界誌を編集し、三十代半ばで『日経』に入社した。性格はとにかく温和で人当たりがいい。ただしこれと決めたらやりつづける信念を持ち、根気よく相手の懐に入り込むのを得意とした。

たとえば、政官財のお偉方は昔から、新橋や神楽坂の料亭で風呂に入る習慣がある。その話を知った筒井はぴんとひらめいた。そうか、料亭の浴場で待っていれば、いろんな人と出会えるぞ。さっそく実行に移して、何度も何度も店に通っては、湯浴びする連中に話しかけて顔を売った。

「『お宅の部長には参ったねえ、風呂場で取材されるし、難しい話を依頼されることもたびたびあった。こんなことは初めてだよ』

何人の著名人からこんな言葉を聞かされただろうか。」（刀根浩一郎「『私の履歴書』うら話、ぐるわ話4」、『私の履歴書　経済人4　月報』昭和五十五年七月・日本経済新聞社刊）

と、部下だった刀根浩一郎は振り返る。相手のくつろいだときを狙って仲良くなる。人が人なら嫌がられてもおかしくない。ただ、これをやっても怒られないのは、筒井のおおらかな人間性のおかげだった。

永井龍男に「杉林そのほか」（『文藝』昭和三十七年六月号）という小説がある。三つの掌編から構成され、中の一編「木瓜」は、筒井の没後まもなく書かれたものだが、永井の滋味深い筆によって筒井はこう評されている。

「あなたはおよそ、文化部長みたいな顔をしたことのない人だつた。威張つてみたり、恩着せがましい顔をしたことは一度もなかつた。死んだから賞めるけど、そこん處がとても好かつたぜ。」

全編、作家と記者の関係を超えた弔意にあふれている。筒井がいかに愛される人だったか。しみじみと胸に落ちる。

その筒井の人柄が染み込んだのが『日経』文化面だった。一つ特徴を挙げれば紙面づくりが鷹揚なこと。これなど筒井イズムと言っていい。「鷹揚」とはどういうことか。世間の動きは目まぐるしく、新聞紙面もコロコロ変えたくなる。しかし『日経』文化部は細かな時流を気にしない。目先の評判にこだわらず、いつ見ても同じような紙面を維持し続けたのだ。

昭和三十一年、文化面の創設のときに筒井は「私の履歴書」という企画を始めた。財界人はもちろん、政治家、学者、芸術家など、各界の大物が自らの来し方を回顧する読み物だが、続きに続いて息が長く、いまや『日経』の読者以外にも知られる看板企画である。他にも昭和三十六年に始まった「交遊抄」や、昭和四十年から載る「文化往来」もある。いずれも五十年以上、えんえんと続いている。

長く続ければどうしてもマンネリになる。しかし突き抜ければそれが個性になり、ときには魅力にもなるのだから面白い。『日経』の文化面は長期の連載が珍しくなく、その伝統が数々の記者を鍛え上げた。「私の履歴書」でいえば、長く同欄を担当した石田修大《のぶお》がその一人だ。彼のその後の人生は「私の履歴書」抜きでは語ることができない。

昭和十八年東京生まれ。早稲田大学政治経済学部を卒業して昭和四十二年、日経に入社する。初めは社会部に配属されたが、昭和四十四年十一月二十一日、父親の死に遭遇する。忌引き休暇をとるために会社に電話したところ、すまないがおやじさんの死亡記事を送ってくれないかと頼まれた。父、石田波郷は俳人として世に知られていたからだが、

「おやじの死亡記事を送らなければならないとは因果な商売だな、と思いながら電話を切った。」（『わが父 波郷』平成十二年六月・白水社刊）

と、強烈な経験をさせられる。

社会部から文化部に移り、デスク、部長と出世するなかで、仕事の一つが「私の履歴書」の担当だった。経営者、政治家、文化人、さまざまな先人の生き方を知るうちに、自分はこれでいいのかと思い悩むようになる。五十五歳で左腎の全摘手術を受け、翌年、日経を退社。独り立って物書きとなり、『自伝の書き方』（平成十五年十一月・白水社刊）、『私の履歴書――昭和の先達に学ぶ生き方』（平成二十七年六月・朝日新書）など、生きてきた道程を文章にする、という「私の履歴書」時代の経験を活かした書籍を上梓した。

石田修大『自伝の書き方』

また『日経』文化部の出身では、のちに評論家になった井尻千男《かずお》がいる。石田とはまるで毛色が違うが、井尻もやはり独特な『日経』の土壌に育てられた人だったのは疑いがない。

昭和十三年山梨県の生まれ。立教大学では文学部に入って日本文学を専攻する。昭和三十七年、日本経済新聞社に入社すると、校閲部を経て昭和四十五年に文化部に異動。以来三十年弱、退職するまで学芸を担当した。

連載小説にもいくつか携わった。作家にぶつかっていく誠実さが快く受け入れられて、担当した何人かとは仕事を離れて親交を結ぶ。とくに可愛がられたのが立原正秋だ。

立原のエッセイに井尻の名が出てくる。

「四月から五月にかけて山椒の新芽をつんで佃煮にするが、まいねんこれをもらいにくる男がいる。日本経済新聞文化部の井尻千男くんである。」「私の家で酒の肴にだしたこの佃煮の味をおぼえた編集者のうち何人かは、すこしください、というが、なにしろ量がすくないので、この希望には応じることができない。いまのところ井尻くんだけが特約である。」（立原正秋「四月から五月へ」、『別冊文藝春秋』第一四四号、昭和五十三年六月）

「くん」という二文字にありありと親愛の情が滲んでいる。初代部長の筒井にも似て、井尻もまた作家に好かれる素質に恵まれていた。

吉行淳之介の連載小説「怖ろしい場所」も担当した。年の差は十以上も離れている。しかし遠慮なく文学のこと、女のことをしゃべる井尻の無邪気さは吉行にも気に入られた。作中の終盤、主人公の目蓋の裏に、カナが記された四角い紙片が舞い上がるシーンがある。

『リ』『カ』『イ』『ズ』『オ』『ジ』

並べ替えるとイジリカズオ。吉行が繰り出す遊び心の一種ではあったが、井尻に対する好感を吉行なりに現わしたものだったろう。

しかし井尻が文芸記者を続けていたら、その才能は開花しなかったに違いない。どうやら彼には時勢を論じる仕事が向いていそうだ。と、編集局長の新井明や文化部長の君島佳彦に評価されて、一つの連載コラムを任される。内容は出版界の時事ニュースを取り上げること。日曜版の読書面「とじ糸」の担当に抜擢されたのだ。

「とじ糸」も歴史の長いコラムだった。昭和三十四年に始まったときからずっと執筆してきた鈴木敏夫は、新聞社や出版社を渡り歩いた出版の専門家だが、昭和四十五年から井尻が加わって、鈴木と交互に書きはじめる。昭和五十三年正月、鈴木が病気で倒れると、その後は井尻の一人舞台となった。

毎週とぎれなく載るうちに、ズバリと時流を斬るさまが面白いと評判となる。昭和五十八年の分までは『出版文化 夢と現実』(昭和五十九年七月・牧羊社刊)にまとめられたが、その後も打ち切られる気配はなく、平成元年まで約二十年。学芸記者の署名コラムがこれだけ延命するのは他紙ではまず見かけない。

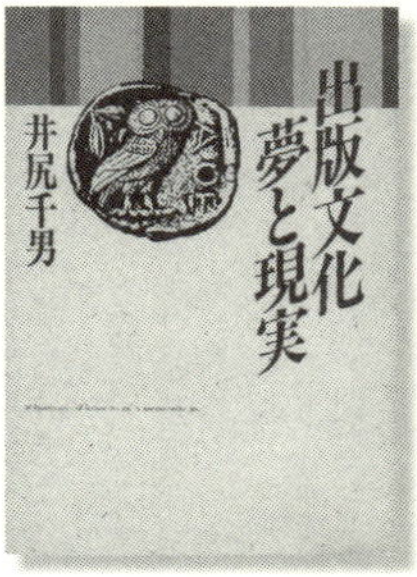

井尻千男『出版文化 夢と現実』

休まず終らず長いあいだ書くことで、井尻の姿勢も徐々に固まっていく。なぜ新聞記者の文章はつまらないのか。書き手の思いが明確になっていないからだ。俺はそういうものは絶対書かん。心に強く決めるようになった。

井尻は書く。

「読者の多寡にはこだわるまい、あえて数を超越して、読者と私が一対一で対面してみたい。そのためには私自身がまず個人としての言葉を発し、思うところ信ずるところを率直に表現しなければならない。」(「あとがき」、『書に依りて世を論ず』平成八年十二月・新潮社刊)

ぬるい記事などクソくらえ。と言わんばかりに個性的なコラムを書きつないで、井尻は一介の記者から脱皮していった。平成九年に退社したが、活躍の場はいくつもあって食うには困らない。チャラチャラした世の流行に喝を入れ、日本の現状を憂う文章を発信しつづけた。

その主張は概して右傾が強すぎて、とても一般受けする人ではなかったが、それも一つの個性だろう。『日経』ならではの長期連載によって芽が出た個性なのは間違いない。

二十、久野啓介（熊本日日新聞）

郷土で生きると決めた人

日本には全国に新聞がある。そこには文芸を担当する記者もいて、特定の地域に根差した文芸の話題を、熱意をこめて取り上げてきた。そういう記者の存在には、なかなか光が当たりづらいが、貴重な仕事を残した人は決して少なくない。

なかでも本章では熊本県にフォーカスしたい。なぜか。伝統的に新聞と文芸が濃密に関わってきた歴史をもち、同地の文芸を追っていくと、かならず文芸記者の活躍に行き着くからだ。

ときは昭和四十四年（一九六九年）十二月。場所は熊本県の水俣市。ひっそりと暮らす作家の自宅に、『熊本日日新聞』（以下、熊日）の記者がやってきた。用件はさほど難しいことではない。あなたが文学賞に選ばれましたと伝えること。そして本人に了承してもらうこと。普通であればさっさと終わる話だった。

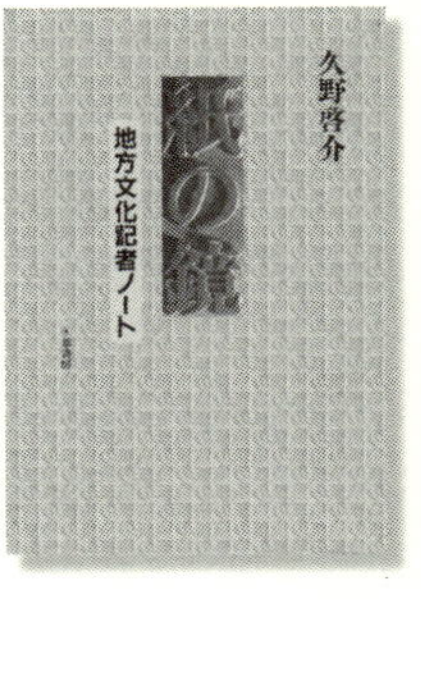

久野啓介『紙の鏡　地方文化記者ノート』

水俣に住む作家とは、いったい誰か。言わずと知れた石牟礼道子だ。この年の一月に『苦海浄土―わが水俣病―』(講談社刊)を発表するまでは一般的には無名の人だったが、同書を読んだ人たちが各所で絶賛の声をあげまくり、一躍、注目の人となっていた。

昭和二十年代後半、水俣で発見されはじめた原因不明の疾患は、昭和三十一年、厚生省が公式に確認し、水俣病と呼ばれるようになる。徐々にニュースに取り上げられ、全国的に知れ渡ったが、地元に住んでいた石牟礼は、苦しむ人の声に耳を傾けて、それをもとに小説を構想。昭和四十年に創刊した『熊本風土記』という雑誌に「海と空のあいだに」のタイトルで連載を開始した。これを読んで感動したのが福岡にいた上野英信だ。これはすごいぞ、もっと広く読まれるべきだ、と強く確信する。話を岩波書店に持ち込んだところ、こんなのうちじゃ出せません、とすげなく断られたが、作品に惚れ込んだ上野はあきらめず、何とか講談社に拾われたのだ。

『熊日』では一年に一回、熊本在住の優秀な書き手に賞を贈っていた。名を「熊日文学賞」という。原稿を一般から募るのではなく、発表済みの作品を対象としたもので、この年の選考委員は荒木精之、蒲池正紀、永松定、山本捨三と、『熊日』論説委員の岩下雄二。散文と韻文、それぞれから一人ずつ受賞者を選んだが、散文部門では石牟礼の『苦海浄土』に文句なしの支持が集まった。

授賞が決まった。となれば本人に伝えなければならない。その役を任されたのが『熊日』文化部の久野《ひさの》啓介だった。昭和十一年熊本市に生まれた久野は、当時三十三歳。まだまだ若手の部類と言っていい。

石牟礼宅を訪れた久野は、さっそく文学賞の決定を伝達する。はい、とうなずくかと思いきや、石牟礼は浮かない顔で久野に答えた。できることなら辞退したいと。……推された人が受け取りを拒絶する。熊日文学賞では前代未聞のことだった。どうしていいかわからない。すぐさま久野は水俣駅に引き返し、本社の上司に電話をかけた。しかし電話に出た文化部長の松下博も譲らない。何とか受賞を承諾してもらえ。そう久野に命じたのだ。

さあ困った。久野は再び石牟礼の家に舞い戻って、正直に社の意向を説明する。うーん、そうですか、わかりました。と石牟礼が一転して答えを変えたのは、板挟みになった久野の立場を慮《おもんぱか》ってのことだろう。これで伝令役の久野の顔も立つ。授賞が通るかと思われた。

ところが最終的には、受賞辞退に落ち着くことになる。たしかに石牟礼の辞意が強かったせいもある。ただ、間に立った久野が会社ではなく石牟礼の気持ちを優先したことも大きかった。のちに久野は語っている。

「『患者があれほどひどい目に遭っているのに、私だけ賞を受ける気にはなれない』とおっしゃられたのを記憶している。あの時、無理やり受賞されていたら、きっとつらい思いをされていたと思う。辞退に向けて調整できたことは、今となっては石牟礼さんのお役に少し立てたのかなと思っている。」（久野啓介「わが身に引き受けた苦海」、『熊本日日新聞』平成三十年六月十八日）

文学賞というものは多くの場合、受ける人に光が当たる。もちろんそうだ。しかし、あげる人たちの存在を決して忘れてはいけない。文学賞に宿る面白さの何割かは、贈る側の人間性がつくり出しているからだ。賞をあげますと言ったものを頑として拒まれたとき、いったいどのように対処するか。主催者の反応に人柄が出る。

久野は新聞社に勤める会社員だった。毎月給料をもらっている。しかし、ここで石牟礼に肩入れした姿勢に、久野の信条が現われている。文学賞の一件がある以前から、石牟礼や彼女をとりまく文学活動に、どっぷりと共感していたのだ。

学生の頃から久野は文学青年だった。『熊日』に入社したときにも、はなから志望は文化部だった。入社四年目に東京支社に修業に出されて、昭和四十一年、熊本本社に戻ってくると、希望どおり文化欄を任される。東京の空気を吸ったことで久野は勢い立っていた。一九六〇年代の日本を覆った大きな歪み。中央集権化が進んで、地方文化は衰退の途をたどっている。これでは駄目だ。熊本にも東京に負けない風土があるじゃないか。と、中央対地方という構図を頭に描いて、どうにかしようと久野は血気に逸った。

しかし、久野の考え方はすぐに打ちのめされる。熊本で出ていた『熊本風土記』の座談会に呼ばれると、同誌の発行人でもあった高浜幸敏に厳しい言葉を投げかけられた。

「久野さんの考えは非常にジャーナリスティックであり中央的なんだ。そうじゃなくてまず伝統を背負い込むことが大事なのだ」（「「地方文化」という言葉」、『紙の鏡―地方文化記者ノート』平成十

三年九月・葦書房刊）

我々に必要なのは、東京を仰ぎ見ることではない。身のまわりの生活を掘り下げて、地元に根差した伝統を見つめることだ。そう断言されて、久野はハッと目を覚ます。そうか。東京と比べたって仕方ないのだ。

ふとまわりを見渡すと、熊本にはさまざまな文化が芽を吹き、数々の書き手が活動していた。民俗学の谷川健一。その弟で「サークル村」を主導していた谷川雁。同人誌『日本談義』をつくりつづける荒木精之。『熊本風土記』には高浜や、編集の渡辺京二、そして石牟礼道子などがいる。久野は積極的に彼らのあいだに身を投じ、進んで『熊日』文化欄を提供した。

また、記者をしながら渡辺たちを支援して、彼らの雑誌づくりにも携わる。昭和四十八年『暗河《くらごう》』の創刊に参加すると、そこに自ら小説も書いた。作家か、編集者か、はたまた文芸記者か。いいや、肩書きはどうでもいい。書きたい人が書いて、みなで盛り上がる。文芸活動をするには適度な規模とも言えるこのコミュニティで、いつしか久野は生きていくことを心に決めた。

熊本には、物書きであってもあえて東京に出ていかず、地元で活動を続ける人も多かった。久野にとっては『熊日』の先輩記者に当たる光岡明もその一人である。

生まれは昭和七年で久野より四歳上だが、宇土高校、熊本大学と学歴も同じ。文化部に勤めた期間も重なって、多くの仕事で顔を合わせた。また久野と同じく光岡も記者の頃から小説を手がけ、昭和五十一年から四度芥川賞候補となったのち、書き下ろしの小説『機雷』で昭和五十六年下半期の直木賞を受賞する。当時、編集局次長の職にあったが、その後も熊日に籍を置き、借金まみれの子会社、熊日情報文化センターの経営を押しつけられて、慣れないカネ勘定に苦闘した。

文化部の外に出てみれば、まわりは小説など読んだことのない人ばかりだ。しかし「直木賞を受賞した人」という看板はでかく、光岡は多くの組織の審議員や評議員、会長や事務局長を任されて、講演やシンポジウムに駆り出される。文芸以外の仕事に忙殺されたが、光岡は「これらの実態を、私は嘆きもしないし、喜びもしない」と受け入れて、地元に住みつづける覚悟を堅持した。

「私ごときは、ほんの地方と言われるかもしれないけれども、百八十万熊本県民といっしょに生きていきたいのである。」(「地方住まい」、『季刊文科』三号・平成九年四月)

熊本県民と生きていきたい……。もはや郷土愛というレベルを超えている。

そこまで熊本にこだわらせたものは何なのか。県紙『熊日』と文芸の関係を見ると、その理由の一端がうかがい知れる。全国の地方紙では昔から懸賞小説などが盛んに行われてきたが、『熊日』の場合はひと味違った。同人誌や商業誌、単行本など、すでに世に発表された作品を対象に文学賞をつくったのだ。同種のものに北海道新聞文学賞があるが、そちらは開始が昭和四十二年。熊日文学賞は昭和三十四年の創設で八年古い。受賞者には福島次郎、安永蕗子、梶尾真治、西成彦などが含まれ、近年では坂口恭平、伊藤比呂美、岡田利規も賞を受けている。一つの地域に特化した賞を、定期的に長く続ける。文学的な土壌に常に鍬を入れる伝統が、熊本および『熊日』には根づいていたのだ。

石牟礼道子、渡辺京二、光岡明。みな熊本以外で知られるようになっても、この土地を離れなかった。久野もまた、先輩や仲間に囲まれて、郷土の文学を盛り立てることに一生をかける。社内でも一目置かれ、編集局長、事業局長などを歴任し、退職後には熊本近代文学館の館長に就任した。

実はそこに『熊日』文化部の特異なところがあるのだ、と渡辺京二は語っている。

「彼（引用者注・久野）は線の細い文学青年だったんだけど、なんと編集局長になって、俺たちはびっくりして。文化部みたいな傍流の記者が編集局長になるなんて、普通の新聞社ではないことなんだ。」（渡辺と坂口恭平の対談「熊本の文芸を辿る。」、『BRUTUS』令和二年一月一・十五日合併号）

文化部の強い『熊日』だからこそ久野は大きくなった。いや、熊本の文芸界に脈々と流れる伝統が、彼を成長させたのだ。

令和四年十一月六日、久野啓介死去。享年八十六。没地は、もちろん熊本である。

二十一、由里幸子（朝日新聞）

断定を避けた人

明治の頃から足取りをたどって、ようやくここまでやってきた。本章の主役は一九八〇年代、昭和の後期に現われた人だが、これまで触れてきた記者にはない或る属性を持っている。性別が女だということだ。

歌壇、俳壇、小説界。雑誌の編集に書籍づくり。文壇を構成する社会はさまざまあるが、どこもかしこも牛耳ってきたのは男ばかり。長いあいだ女は、その性別だけで下に見られてきた。なかでも、とくに女たちの登場が遅れた分野がある。新聞の文芸ジャーナリズムである。

無論、文芸に限定するまでもない。そもそも新聞の世界は、上から下まで紛うことなく男社会だった。平山亜佐子の『明治大正昭和 化け込み婦人記者奮闘記』（令和五年六月・左右社刊）は、女性記者が他の職種に変装して潜入取材を行い、その体験を記事にする「化け込み」と呼

朝日新聞社学芸部編『ニューファミリー』

ばれた読み物に焦点を当てた本だ。そこにも、女にとって新聞社がいかに窮屈な職場だったか、はっきりと描かれている。

「回ってくる仕事といえばアイロンのかけ方、シミの抜き方といった家政記事か、ファッションに関する読み物、著名人のお宅訪問ばかり。」「社会部や政治部の男性たちが、世間を揺るがすスクープや他社と競争しながら一刻を争う情報合戦を行う横で、いつ掲載されてもいいようなものを書く日々……。」(「はじめに」)

女にはなかなか仕事が回ってこない。それなら自分で活躍の場をつくろうと、意欲的に企画を立てた記者たちがいた。明治後期に『大阪時事新報』に勤めた下山京子の他、化け込みをヒットさせた数々の女たち。筆が立つ立たないは、いつの時代も性別とは関係がない。

しかし明治、大正、昭和と時代が進んでも、新聞社のなかに女の記者は少なく、学芸・文化の部門ではとくに性差の牙城が崩れなかった。大正後期、新聞社は積極的に学生の採用活動を始めたが、それでも女性を採ろうという発想が企業にはない。入社試験は男のために実施され、特別なコネのない女子学生が記者になるには、絶望的なまでに高い壁があった。学校を出たら自分のやりたい仕事を見つける。……男なら当然のように敷かれていたレールは、女の前には延びていなかった。

昭和二十二年(一九四七年)、京都府舞鶴で生まれた由里幸子は、戦後の教育を受けて成長した。学校では、新しい日本は民主的だ、男女平等だ、と見栄えのいい話をさんざん聞かされた。

しかし昭和四十五年、大阪大学薬学部を卒業するに当たって、就職先を探して愕然とする。どの会社も男は毎年募集がある。ところが女は門前払いか、あっても求人数がまるで違う。差別が残る現実にモヤモヤとしながら懸命に就職活動に取り組んだ。

結果、朝日新聞社に入社できたのだが、それはなぜか。当時、全国紙のなかでも『朝日』は女性社員の数が比較的多く、後年「ここ十年ほど例外的に活発に女性記者をとり続けたのが朝日新聞で、この朝日の女性記者の優遇と活躍が他社を刺激したといえる。」（関千枝子「大卒女性活躍の現状—各界における管理職女性—」、『大卒女性100万人時代』昭和五十七年十月・勁草書房刊）とも言われたが、詳しい採用事情はもはやわからない。ただ、間違いなく言えることがある。由里が幸運だったこと、そして抜群に優秀な人だったということだ。

長野支局などの地方まわりを経て、東京本社の学芸部に配属されたのが昭和五十年前後。日本でもウーマン・リブの運動が盛り上がり、その動静が多く報道されていた時代に当たる。数少ない女性記者の一人として、由里も世間の動きを取材し、多くの記事を発信する。なかでも昭和五十一年、家庭面に連載した「戦後っ子夫婦」は、時代相と社会批評、生々しい女性の声をうまく融合させた読み物で、由里にとっても大きな仕事となった。まもなく『ニューファミリー』（昭和五十一年十二月・草風社刊）の題で本にもなった。

そして昭和五十五年頃、由里は文芸担当に移される。

「望んでというより、気がつくと私は文芸記者になっていた」（由里幸子「文芸記者 黛哲郎さん」、

『学芸記者〈哲〉セレクション　文学と音楽のあいだ』平成六年七月・河出書房新社刊）

と本人はいう。由里の何がどう評価されたのか。確たる理由はわからない。いきなり文芸の世界に放り込まれたのだ。本人も戸惑っただろう。しかし、その後の働きを見るかぎり、文芸記者に向いていたのは間違いない。八〇年代以降、『朝日』の文芸面に由里はたしかな足跡を刻み込んだ。

その特徴を挙げると二つある。一つは由里が女をめぐる文壇の動きを積極的に取り上げたことだ。

昭和五十九年から六十年、男女雇用機会均等法の制定をめぐり、政界、財界をはじめとして日本全土で丁々発止の議論が勃発し、新聞にもそれに関する記事がたくさん載った。働きたい女性が多いのに、社会の制度が追いつかず、男女の格差がありすぎる。文壇でも似たような議論が巻き起こり、直木賞や芥川賞が槍玉にあげられた。山田詠美、林真理子など、候補者には続々と女性が選ばれている。なのに選考委員はいまだに男だけ。おかしいではないか。マスコミを中心に批判の声が上がったが、由里も声を上げた一人だった。

「最初、選考委員に女性がいないことが不思議だった。」「女性作家が活躍しているのに、これはおかしい。文藝春秋の関係者に何度も訴えた。」（由里幸子「向田邦子、色川武大ほか「鏡」としての文学賞」、『芥川賞・直木賞150回全記録』平成二十六年三月・文藝春秋刊）

まっとうな意見だろう。けっきょく昭和六十二年上半期から、直木賞で田辺聖子と平岩弓枝、芥川賞で大庭みな子と河野多恵子が委員に加えられる。それからおよそ三十年、令和元年（二〇一九年）下半期に直木賞で委員の男女比が逆転した。女性作家が小説界の背骨を担っていく、この急激な転換期に、文芸にまつわる現象を女の記者がどう見るかという視点が新聞紙上でも求められた。その期待に十二分に応えたのが由里だった。すさまじい活躍だった。

年末になると新聞には一年を総括した記事が載る。『朝日』で文学の年間回顧を文芸記者が書くようになるのは昭和四十七年からだが、初めて担当したのは（目）なる記者。天下御免の毒舌記者、百目鬼恭三郎だった。やがて実名の署名記事に変わって、黛哲郎、扇田昭彦などが継いだあと、昭和五十七年に抜擢されたのが由里だったのだ。時に年齢三十五。以来、男女の記者が入れ替わりで担当し、これまでに佐久間文子、大上朝美、吉村千彰、中村真理子なども書いているが、令和四年までの五十一年間で由里が担当した数は十五回。男女を通じてダントツの一位を誇っている。

そして年間回顧の記事のなかには、由里のもう一つの特徴がたびたび現われた。現実的な話をクールにまとめて理想論をふりかざす――。無責任で偉そうな、文芸記者の定石とも言えるその風味が、由里の文章には色濃く漂っていた。

たとえば昭和五十八年、この年の話題作に桐山襲「パルチザン伝説」（『文藝』十月号）があった。作中、天皇暗殺を思わせるテロ計画が描かれ、『週刊新潮』が「「天皇暗殺」を扱った小説の「発表」」（昭和五十八年十月六日号）と記事を出して煽ったところ、『文藝』を発行する河出書房新社の前には、右翼の街宣車が連日出没。その影響で河出はこの作品の単行本化をあきらめた。

年末に振り返って、由里は毅然として書く。

「「文芸」一九八四年一月号のアンケート「一九八三年の成果」では、回答者百十三人のうち、「パルチザン伝説」をあげている人が約一割いる。単行本になって当然の作品だろう。「風流夢譚」事件が尾を引いているのは分かるが、別の対処があるべきではなかったか。」（『朝日新聞』昭和五十八年十二月十三日夕刊、由里幸子「'83回顧　文学」）

たしかに言うとおりだ。本になってさらに広く読まれるのがベターには違いない。それはそうなのだが、この記事を読んで唇を噛んだ人がいた。『文藝』の発行人でもある河出の金田太郎だ。うちにだって事情があるんだ。好きで断念したわけじゃない。なのに取材にも来ないで、よくも勝手なことを書くものだと。

「〝別の対処があるべきではなかったか〟とは、現実的に何を指すのか、誠に分り難い表現ではある。」「直接取材を何故されなかったのか、その点は今に至る迄残念ではある。」（金田太郎「内部の敵──「パルチザン伝説」に関わって」、『創』昭和六十一年四月号）

書かれっぱなしではいられないと、金田は由里に連絡をとった。社の事情を正直に説明して、ひとまずこの一件は済んだのだが、由里の書き方は、右翼を刺激しないようにと、遠くから表面を撫でているかのようだった。言われた当事者がイラッとするのも当然だろう。

それが文芸記者というものだ、といえばたしかにそうだ。自らは渦中に飛び込まない。距離を保って事象をとらえ、読者に提示することに専念する。平成十三年は由里が年間回顧を書いた最後の年となったが、そこでも由里の姿勢は変わらなかった。

「文化的にも、考古学のねつ造問題の広がり、あいつぐ美術館閉鎖、出版界の不況などで、混乱が起きている。混とんの中で、光を見いだすことができるのだろうか。」「同時多発テロやアフガンの廃虚から人間の「言葉」を一つ一つ掘り起こすことが、21世紀前半の文学の課題となるのかもしれない。」（『朝日新聞』平成十三年十二月十一日「回顧2001文学」）

断定を避けている。「〜なのだろうか。」「〜かもしれない。」と、ゆるい表現で締めくくっている。いかにも新聞記者の常套句だ。由里自身その自覚がなかったとは思えず、記者の役目はそれでいいという覚悟すら感じてしまう。文壇の周縁から見つめる構えを貫いて約三十年。学芸部のエースとして書きつづけた。やはり優秀な記者だったと言う他ない。

二十二、小山鉄郎（共同通信）

生身の人間を大事にした人

小山鉄郎『あのとき、文学があった「文学者追跡」完全版』

新聞には古くから「文芸時評」が載っている。毎月もしくは毎季、主に文芸誌に載った作品について評者が論評する読み物だ。月刊誌などにも時評はあったが、それに比べて新聞はとにかく読者が多い。小林秀雄、杉山平助、平野謙、吉田健一、江藤淳……評論家たちにとっては檜舞台の感があった。『読売新聞』も他紙と同様、長らく作家や評論家が寄稿してきたところ、昭和五十九年（一九八四年）を迎えて変革の鍬が入れられる。執筆の担当者が、文化部に勤める文芸記者、白石省吾に変わったのだ。

白石は昭和十二年生まれ、早稲田大学を出て昭和三十五年『読売』に入った人だ。昭和四十四年に文化部に来てからは純文芸を中心とする文壇全般を取材フィールドとして、長く文芸を担当する。その白石が突如、文芸時評を任された。

のちに『読売』ではその頃の話に触れている。

「様々な面で文芸時評が曲がり角にあるという認識があったらしく、当時、好意的な評価があった。」（『読売新聞』平成六年六月十七日「文学のポジション第二部 文芸時評（10）」）

本当にそこまで好評だったのか。真偽のほどはわからない。しかしこの頃、評論をめぐる世間の意識が変わり出していたのはたしかだった。

文化の流れは軽佻浮薄、まじめなものよりふざけたものが人気を博し、重くて堅い話は敬遠された。読者参加型の『ビックリハウス』や権威主義を排した『本の雑誌』など、偉い先生の講釈よりも、身近な輩の与太話のほうが好まれる。多くの読者が共感すれば、それだけ売上げにもつながり、金を生む。自然とプロとアマの境が薄れていき、素人っぽい親近感が各方面で重要視されるようになった。

この辺りの状況を『1980年代』（平成二十八年二月・河出ブックス）の編著者、斎藤美奈子と成田龍一はこう概説する。

「八〇年代は、サブカルチャー、ポストモダン、ニューアカといったさまざまなキーワードで語られる時代ですが、それは旧来の「戦後思想」とは明らかに一線を画するものでした。」「戦後（あるいは戦前から?）、人びとを呪縛していた「政治の言葉」が遠くなり、文化や言論の担い手が、一部の選ばれた知識人から、広義の大衆に移った時代だったといってもいいでしょう。」（「はじめに なぜいま「一九八〇年代」か」）

出版界もその風をもろに浴びる。求めれば誰でも多様な情報にアクセスできる。ワープロがあれば自分で文章を書いて容易にメディアをつくれてしまう。しかも素人であることが売りになるのだ。送り手も受け手もまぜこぜの、混然とした時代へと突入する。

となると、文芸記者はどうだろう。選ばれた知識人か。それとも広義の大衆か。……やり方次第でどっちの立場にもなれる。あるときは文芸の専門家で、あるときは読者の代表者。場面に応じて印象を変えられるのが彼らの強みだった。と同時に反面では、そこに怪しさを見る人もいた。評論家の絓《すが》秀実だ。

文芸記者が「文芸時評」を書く。評論しているように見せながら、新聞社の社員として読者に媚びている。これでいいのか。平成に入った頃、絓は盛んに文芸記者の仕事を批判した。その一つを引いてみる。

「私はかつて「文学界」誌上で共同通信記者・小山鉄郎が「文学者追跡」なる「時評」的コラムの連載を開始した時、何かとんでもない時代が来てしまったように思い、読売新聞における記者執筆の「文芸時評」と相即的な症候と捉えた」（「「時評」における「言論の自由」」、『三田文学』平成七年夏季号）

ここで『読売』の文芸時評と一緒に名指しでケチをつけられたのが小山鉄郎である。「とんでもない時代」の象徴にされてしまった一介の文芸記者。小山とはいったいどんな仕事をした人なのか。特徴を追ってみたい。

昭和二十四年、群馬県伊勢崎市生まれ。十七歳年上の異母兄に詩人の小山和郎がいる。一橋大学経済学部を卒業したのち、昭和四十八年に共同通信社に入社すると、横浜支局、社会部を経験した。文化部に異動となったのが昭和五十九年。ちょうど『読売』の白石が文芸時評を始めた年に当たる。

文芸記者になって初めてインタビューしたのは永井龍男だった。長年文壇の中で生きてきた御年八十の重鎮だったが、若い記者に対しても腰が低い。小山にとっても接しやすく、以後、何度も自宅を訪ねて親交を深めていく。

昭和が終わる頃、小山は永井に頼んで河盛好蔵との対談を企画した。テーマは「昭和天皇とその時代」というもので、二人からも快諾を得た。当日、小山は永井を迎えに行く。その車中や対談前の雑談で、たまたま耕治人の近作の話題が出た。痴呆の妻と癌になった自身という夫婦の姿を私小説で描き、話題を呼んでいたからだ。あなたはどう思うかと聞かれ、小山は何の気なしに返答する。「ああいう作品、もっとあってもいいですねえ」と。

瞬間、永井の表情がにわかに変わる。もっとあってもいい、とはどういうことか。ああいうものを書けるのが才能なんです。永井は憤然と小山に突っかかる。一気に気まずい空気が流れ、他の共同通信の社員もうろたえる。どうにか無事に対談は終わったが、永井は不愉快げに席を立つと挨拶もそこそこに場を去った。

自分のせいで雰囲気を壊してしまった。小山は翌日、悄然としたまま出社する。すると永井から電話がかかってきた。思いがけないことだった。

「僕の方が年上なのに、僕の方から議論を吹っかけてしまって、申し訳なかった」「君は大丈夫か？　大丈夫？」

小山はハッと胸を衝かれる。昨日は現場に小山の上司もいた。あのあと小山が責められたのではないか。そう案じてくれているのだ。

永井もかつては文藝春秋社の社員だった。組織の中に組み込まれ、理に合わない経験にもさまざま出くわしただろう。戦後、独立して作家となったが、いまも変わらず生活者の視線を持ち続けている永井に、小山は大きな感銘を受ける。

「普通の人々は、みな「抜きさしならぬ関係」を生きている。人生の最後にさしかかった老夫婦はもちろん、永井さんが好んで書いたサラリーマンたちもまた、会社組織のなかで、家族や恋人との関係で、抜きさしならぬ世界を生きている。そのことを永井さんは誰よりも深く知っていたのだ。」（「「君は大丈夫か？」―永井龍男とサラリーマン―」、『鞨』六号、平成十四年八月）

そうだ、自分もそうありたい。小山は心に決めた。自分もサラリーマンだ。生活者である立場を忘れずに、文学を見続けようと。このとき永井に心配された経験は「自分の生き方にも影響を残した出来事」だったと言う。小山鉄郎三十九歳。

『文學界』で「文学者追跡」のコラム連載を始めたのは、それからまもなくの頃だった。一回目の平成二年一月号「N．Y．タイムズの村上春樹評」から、通信社やそこで働く記者のことを頻繁に描き、読者に実感を伝えようと努力した。

ところがいきなり絓秀実から矢が飛んできたのだから、たまったものではない。平成二年半ばのことだった。

何があったのか。経緯については小谷野敦『現代文学論争』（平成二十二年十月・筑摩選書）の記述が参考になるが、改めてまとめてみる。さかのぼって昭和五十四年、四件の殺人強盗を犯したかどで、永山則夫に死刑判決が下された。しかし弁護団が高裁に控訴。減刑かそのまま死刑か。揉めに揉めること十数年。その間、永山は獄中で小説を書きはじめ、その作品が世に広まったが、やがてもっと書き続けさせたいと願う人が現われる。その一人が作家の桐山襲だ。日本文藝家協会（以降「協会」）に入れば永山の文学活動の助けになるのではないか。河出書房新社の編集者、阿部晴政と相談し、協会への入会申請を永山に勧める。本人にもその意思があると知ると、桐山は協会理事の秋山駿と加賀乙彦に話して、入会の推薦者になってくれるように依頼した。

申請書が協会に提出されたのが平成二年一月下旬。一月三十日、定期理事会が開かれて、いつものとおり傍聴していた小山は、議論の様子を記事にする。どうやら永山の申請は通りそうだ。そんな趣旨の記事が共同通信から配信された。

ところが、入会に断固反対する人たちがいたために話はこじれて大ごとになる。とくに入会委員長を務める青山光二は、人殺しを入れるわけにはいかないと、感情論を楯にして老害ぶりを発揮。入れるのか。入れないのか。新聞や週刊誌がその様子を記事にするに及んで、ゴタゴタを知った永山は結局自ら申請を取り下げる。

小山は「文学者追跡」で二度にわたってその話題を取り上げたが、最初の回を読んだ絓が槍を突いてきたのだ。

絓いわく、小山はやたらと永山の文学は素晴らしいと持ち上げる。しかし協会の入会資格は、文学どうこうとは関係ないはずだ。事実を冷静に見つめず、小山のように情に流された言論がマスコミで幅を利かす状況は、戦争中に舞い戻ったようだ。この風潮を許すのは危険ではないか、と。

ふたたび絓の文章を引いてみる。

「「極貧」の環境に育った永山と自分とが同年生まれだという素朴な事実に驚き、「永山の作品に動かされ」、「文学の力は『いかに人を感動させるかだと思う』」と永山に言われて、またまた感心してしまう小山鉄郎の言葉のナイーヴさは、それがいわゆる文芸雑誌に載ったものであるということ自体、呆れるというか驚くべきこと」(「現代小説の布置―「永山則夫問題」の視角から」、『群像』平成二年八月号)

つまりはどういうことか。感動とか感心とか、そういう言葉で文芸をとらえる小山の文章を、絓が批判しているのはよくわかる。

しかしここまで言われると、さすがに小山も黙っていない。絓の論考には事実誤認があまりに多い、と指摘したうえで、とっぴな推測をもとに他人を批判するのが絓にとっての批評なのか、と『文學界』九月号で応酬した。

その反論のなかで、小山がたびたび触れたことがある。文学者も文芸記者も、文章の上の記号ではない、生きている存在なのだ、ということだ。つまみ喰いの情報をつなぎ合わせて妄想を膨らませる。それで社会に生きている人々を理解することになるのか。小山は絓に向かって、そして読者に向かって問いかけた。

「メディアの中に、私たち記者も「生きている」のであって、メディアのなかにただ「在る」のではない。メディアの中にあって、何かに抗してその中を「生きている」のだと思う。」（「記者より「探偵」への報告」、『あのとき、文学があった─「文学者追跡」完全版』平成二十五年三月・論創社刊）

永井龍男から受けたあのときの心遣いが、小山の頭にはあっただろう。小説も評論も報道もすべては生身の人間から生まれている。自分はそのことを忘れずにものを書きたい、というわけだ。

ぬるいといえば、たしかにぬるい。しかし、文芸をとりまくすべてのものが、生きる人間によってつくられているのは間違いない。人と対するように文芸と接する。一つの信念をもった人を、私自身は否定する気にはなれない。

小山の筆に人を切り刻む鋭利さはなかった。ただ、善意にあふれた健康的な筆づかいは、争いを好まない世の趨勢とものぴったり合って、活躍の場は新聞・雑誌・WEBメディアと、さまざまに拡大する。かたわら生身の作家にインタビューを重ね、『村上春樹を読みつくす』（平成二十二年十月・講談社現代新書）、『村上春樹クロニクル』BOOK1・BOOK2（令和四年一月、四月・春陽堂書店）などを上梓。小説を紹介・分析する分野でも数多くの仕事を世に残した。決して人のことは悪く言わない。その文章は、紲の言う「ナイーヴ」そのものだった。

二十二の補遺、賞を受ける文芸記者たち

共同通信の小山鉄郎は、平成二十五年（二〇一三年）、日本記者クラブ賞を受賞した。村上春樹、白川静などに頻繁に取材を重ね、その成果を読者に伝えてきた活動が、ジャーナリストの仲間から評価されたのだ。この賞は新聞、通信、放送の業務に携わる法人・個人が組織した日本記者クラブが決めるもので、第一回は昭和四十九年（一九七四年）、長崎新聞の重鎮、松浦直治に贈られた。それから約四十年。現役の文芸記者としては小山が初めての受賞だった。

賞には有名なものから私的なものまでさまざまあるが、多くの場合、文芸記者は脇から眺める存在だった。古くは明治四十四年（一九一一年）、文部省のもとに文藝委員会が設立され、「文藝選奨」という表彰制度ができたことがある。このときも新聞各紙はこぞって動向を観察し、まじめな評論からゴシップめいた予想記事まで、根掘り葉掘り取り上げた。昭和九年、直木三十五の死をきっかけに直木賞と芥川賞が創設されたときもそうだった。「無名、新進の逸材に進出の門／冬枯れ文壇に注射」（『大阪朝日新聞』昭和九年十二月八日）などと、まだ始まってもいないのに紙面で大きく扱われたのは、これにニュース価値があると見なした記者たちがいたからだ。両賞をつくったのは菊池寛・佐佐木茂索ひきいる文藝春秋社だが、側面から支えつ

づけた文芸記者がいなければ、決して大きな賞に育つことはなかっただろう。

ところが長く歴史が重なるうちに、報じる側にいたはずの文芸記者にも何らかの賞を贈られる例が現われる。すでに出てきたところでは『朝日新聞』の扇谷正造がいる。『週刊朝日』の編集長として昭和二十八年に菊池寛賞を受賞したのは画期的な出来事だった。昭和四十四年『日本経済新聞』の文化部がこの賞を受けたことにも、本書で触れた。昭和前期、大きな戦争を挟んで日本には賞がやたらと増えたが、そのぶん裏で働く人たちにも光の当たる機会ができたとも言える。賞の氾濫は決して悪いことばかりではない。

多くの文芸記者が受賞した賞といえば、日本エッセイスト・クラブ賞がある。主催の日本エッセイスト・クラブは、もともと阿部眞之助や大宅壮一など、マスコミの世界にいる人たちによってつくられた。他では顕彰されづらい文芸記者に温かい目をそそぐのも不自然ではない。たとえば昭和三十七年、個人誌『散人』で同賞を受けた小門勝二は、本名を小山勝治といい、『毎日新聞』学芸部に勤める記者だった。大正二年（一九一三年）東京生まれ、日本新聞協会附属新聞学院を卒業して、昭和十二年に『東京日日新聞』に入社した。以来多くの作家と仕事をしたが、なかでも永井荷風にぞっこん惚れ込み、在職中から荷風のことを師と仰ぐ。狷介孤高の荷風からも気に入られ、表に出ていない数々の逸話を直に見聞。それらを書き残すことに生涯をかける。もはや取材や研究の域を超えて、世人にはたどり着けない境地に達した人だった。

昭和五十二年二月没。

昭和四十六年に受賞した大谷晃一は、『朝日新聞』大阪本社の記者だった。昭和二十三年に入社したのち、福井支局、大阪通信部を経て学芸部に異動する。仕事は芸能・放送の担当が中心で、文芸記者と呼ぶには難があるが、もとから文学に関心が高く、社外から原稿を頼まれたことをきっかけに、文学研究の領域にも手を伸ばす。受賞作の『続 関西名作の風土』は坪内逍遙「桐一葉」、中山義秀「咲庵」など関西を舞台とした古今の作品について、実際に描かれた場所に足を運び、モデルと目される人たちに取材を重ね、実証的であることをことさら意識した読み物だ。

「作品の中の風物や人間や事象を追跡しました。」「事実を追跡するのに、特別の方法と意志力が必要でした。長い新聞記者生活で身につけたものです。自分の耳目で確認しないものは一切書きませんでした。これも記者の規範です。」（「あとがき」、『続 関西名作の風土』昭和四十六年三月・創元社刊）

と大谷は書いている。文芸記者として育んだ物の見方が賞へと結びついた例だった。

すでに本書に登場した毒舌記者、百目鬼恭三郎もこの賞を受けている。受賞した『奇談の時代』は日本の古典作品から怪奇・妖異に類する話を厳選し、背景にある人間や社会の姿を解説したものだ。ギリシャ神話や中国の思想にまで筆が及び、百目鬼の無駄

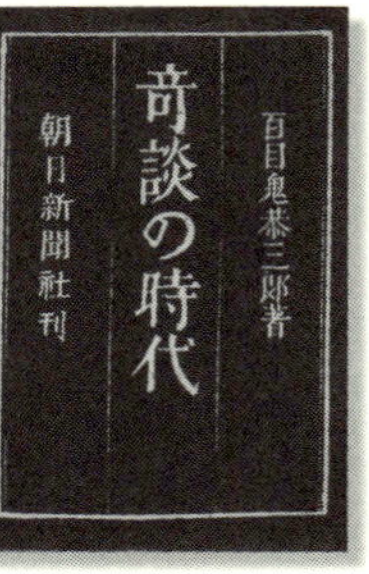

百目鬼恭三郎『奇談の時代』

に広い知識の幅が見事にハマった本だった。

ちなみに受賞したとき、審査委員を代表して紹介のスピーチに立ったのが、かつての上司、扇谷正造だ。こんなことを言っている。

「本を読みながら私はしばしば、氏は道を間違ったのじゃあるまいか。大学に残ったほうがよかったんじゃないかと思ったぐらいでした。」(『日本エッセイスト・クラブ会報』三十一号、昭和五十四年九月)

記者が得意とするような、直接作家に取材した、といった本ではない。学術的に細かく調べて自説を問う。いかにも自らを恃む百目鬼らしかった。

ただ百目鬼のような人はやはり特殊だ。何といっても文芸記者は、人から話を聞いて記事を書く。作家、学者、評論家、多くの書き手と何度も会って、ときには私生活にも入り込む。あわせて対象作家の作品を読み込みながら、時代や社会との関わりに目を配らせる。その仕事は評論ないしは評伝などとも近いところがあり、たまさか認められると受賞の対象にもなる。

『毎日新聞』の文芸記者、米本浩二が『評伝 石牟礼道子』で読売文学賞を受賞したのはその一例と言っていいが、とくに受賞の多いのが『読売』に長く勤めた尾崎真理子だ。平成二十七年春、『ひみつの王国 評伝 石井桃子』で芸術選奨文部科学大臣賞、新田次郎文学賞をたてつづけに受賞すると、その業績で宮崎県文化賞、日本記者クラブ賞も授与された。令和二年(二〇二〇年)『読売』を退いたのち、令和四年には『大江健三郎の「義」』で、古巣の会社がやっている読売文学賞まで受賞してしまった。よほど賞には恵まれている。

受賞インタビューを受ける立場となった尾崎だが、そこで彼女は文芸記者の経験と、自らの踏み出した新たな仕事について語っている。

「明治の『訪問記』以来、文芸記者は小説という『虚構』について、作家に『事実』を聞いてきた。私自身1993年から25年間、大江さんの取材を続けた。でも、その方法に限界があるのではないかとも思うようになりました」（『読売新聞』令和五年二月七日）

作家や作品について自分なりの考察を深めるうちに、評論・批評に向かう人もいる。今後、もの言う文芸記者が増えていけば、ますます受賞する人数も増えていくだろう。

しかし文芸記者で自分の仕事を本にまとめる人は一握りしかいない。多くの記者は日々の積み重ねが業績で、何の著作も残さずに死んでいく。そういう人に何らかの賞が贈られるのはまず稀なことだが、「文学の質の向上と発展のかげの力として貢献した」という理由で賞を受けた変わり種を最後に紹介したい。

『朝日新聞』の門馬義久だ。大正五年、福島県相馬中村生まれ。日本神学校を出て昭和十七年朝日新聞社に入社する。学芸部に配属されたのが昭和二十三年。初めて担当した連載小説は太宰治の「グッドバイ」で、作者が途中で自殺したため、後を受ける作者探しに苦労した。その後、夕刊小説で一躍当たった村上元三「佐々木小次郎」や、川口松太郎「皇女和の宮」、佐藤春夫「わんぱく時代」など数々の連載を手がけたが、門馬の最大の特徴は、神奈川県鎌倉市に住んでいたことだ。……と、住所なんか何の関係もないようだが、横浜、鎌倉あたりの作家に原稿をもらうには、東京にいては時間がかかる。そういう場合は近場の門馬に白羽の矢が立ち、周辺地域の作家たちは『朝日』というとたいてい門馬が窓口になった。中山義秀、山本周五郎、久生十蘭……。クセのある物書きでも、何度も顔を合わせていれば、次第に気心も通じ合う。土地が結んだ縁も馬鹿にしたものではない。

また、いま一つ門馬には他の記者とは違う特徴があった。昭和七年キリスト教の洗礼を受けると、熱心な教徒であり続け、戦後は文芸記者をしながら日曜学校を開き、私設の教会で牧師を務めたことだ。敬虔なクリスチャンで文芸記者。昭和三十九年、『朝日』が主催した一千万円懸賞小説で三浦綾子の「氷点」が入選したときに、連載を担当したのが門馬だったが、三浦もまたプロテスタントのクリスチャンで、互いの呼吸がぴったり合う。以来、三浦はたびたび門馬の教会を訪れるなど、仕事を離れて親交を結んだ。

昭和四十九年、門馬に対して長谷川伸賞が贈られる。主催は、長谷川が生前中心となった創作の勉強会「新鷹会」で、権威や影響力の面ではさして大きい賞ではない。しかし、とうてい脚光を浴びるとは思えない文芸記者にあえて賞を贈ろうというのだ。その心意気だけで、並の賞にもまさる偉さがある。文芸記者のほとんどの仕事は、およそ後世には残らない。だからこそ長谷川賞のような授賞方針は貴重で尊いのだ。はっきりと断言できる。

二十三、鵜飼哲夫（読売新聞）

面の皮が厚い人

喫茶店には名物マスターがいる。老舗の旅館には名物女将がいる。同じく文芸界には名物記者がいる。

神出鬼没に現場を駆けめぐりながら、記事を大量に書き散らす。と、そのくらいは多くの記者がやっていることだが、明治以来百数十年の歴史のなかで、ふるまいや風貌、あるいは熱意の目立つ記者がときどき出現する。そしていつしか「名物」と呼ばれ出す。

たとえば『日本経済新聞』に浦田憲治という記者がいた。昭和二十四年（一九四九年）埼玉県生まれ。世代としては前章で取り上げた共同通信・小山鉄郎と近い。積極的に作家に会いに行き、多くのインタビューをまとめまくったのは、文芸記者の基本といえるが、何より浦田で特筆すべきなのは、退社後に『未完の平成文学史　文芸記者が見た文壇30年』（平成二十七年三月・

鵜飼哲夫『芥川賞の謎を解く　全選評完全読破』

早川書房刊）を刊行したことだ。新聞に載った記事はたいてい読み捨てられる。記者の仕事もほとんど後に残らない。消えたところで誰も困らない文芸探索の蓄積を、女性の時代、越境の文学など、いくつかの章に分けて記述した。記者なら隠れたままで満足しそうなところ、それでは終わらないこの気概。浦田の特徴が見事に出ている。

他にも名物記者と聞いて何人かの記者が思い浮かぶ。『毎日新聞』学芸部に勤めた重里徹也、内藤麻里子はともに昭和三十年代生まれだが、文章力と考察力があり、新聞社を離れても文芸を語りつづける情熱があった。しかし一九九〇年代から数十年、いわゆる平成の時代を通じて「名物記者」の称号が最も似合うのは、何といってもこの人をおいて他にはいない。『読売新聞』鵜飼哲夫である。

取材して書くのは当たり前。いろんなところに顔を出し、ベラベラとしゃべっては少し変わった発言をして場を沸かす。ときに笑われたり馬鹿にされたりもするが、本人はまるで気にするそぶりもない。要するに面の皮が厚い。

直木賞・芥川賞の受賞者記者会見が一般の人の目に触れるようになったのは、平成二十三年（二〇一一年）一月にニコニコ生放送での中継配信が始まってからだが、そこに現われて質問する記者のなかでも鵜飼の姿はひときわ目立った。受賞作にかけた作者の思い、といったストレートな質問はまずしない。高橋弘希には「今日の衣装を選んだ理由は」と質問し、砂川文次には「写真を撮られるのが嫌だそうですが、なぜですか」と聞く。どこからそんな発想が出てくるのか。とうてい余人には真似できない。

昭和三十四年に名古屋で生まれた鵜飼は、子供の頃から読書の虫で、多くの本を読みあさった。初めて文芸誌を買ったのは高校生の頃。村上龍が「限りなく透明に近いブルー」で群像新人文学賞をとったときの『群像』昭和五十一年六月号だった。世間では本が何十万部、何百万部と売れていた大量消費の時代に当たる。鵜飼の青春時代は、そんな出版経済の盛り上がりとともに築かれた。

中央大学法律学科で司法試験の勉強に励み、俺は就職なんかしないんだと言っていたが、友人の勧めを受け入れて昭和五十八年、読売新聞社に入社する。地方の支局や整理部を経たのちに文化部に配属されたのが平成三年のとき。それから四年後の平成七年、文芸記者を集めた座談会に呼ばれたが、鵜飼はまだ三十六歳と、参加者の最年少でありながら全員を相手に丁々発止のやりとりを披露する。

「きょうは新聞ジャーナリズムと文学という話題が中心でしたが、批評家と文芸との関係というのはいかがですか。」「富岡さんは、批評家の役割をどう考えていますか。」（『海燕』平成七年九月号「座談会　文芸ジャーナリズムの五五年体制と批評の位置」）

などと富岡幸一郎に質問で切り返す。淡々と話す人に比べて明らかに人目につくのも無理はない。平成十年を迎えたときには、こんなふうに言われるまでになっていた。

「鵜飼は、大手新聞社の文芸記者の中では今もっとも力を持っていて、読売をやめたら今すぐ文芸評論家になれるともいわれるヤリ手記者。」（『噂の真相』平成十年三月号、曽我静太郎による記事中の匿名文芸評論家によるコメント）

ぶいぶい言わせ始めたちょうどそのときだ。鵜飼に対してガツンと一撃食らわせた人がいる。『読売』紙上で鵜飼が担当していた「文芸ノート」という記事に、作家の笙野頼子が論争を仕掛けたのだ。

この年一月に発表された第一一八回の直木賞・芥川賞はどちらも受賞作が出なかった。『文藝春秋』三月号では、浅田次郎、出久根達郎、林真理子という過去の直木賞受賞者たちが芥川賞について感想を語り合う。そのなかで最近の受賞作は「ちょっと付いていけない、『なんだこりゃ』というような作品が多い」「物語がない」といった発言があったことを鵜飼は引き合いに出し、近年の芥川賞は一般読者に受け入れられていない、と自説を展開した（平成十年四月十六日夕刊「文芸ノート　純文学　遠ざかる期待」）。

そこに笙野が嚙み付いた。昭和五十六年にデビューした笙野は、平成三年に野間文芸新人賞、平成六年三島由紀夫賞、同年には芥川賞を受賞したが、作風が難解だ、訳がわからないと言われ続けてきた。それはそれで仕方がない。ただ、世間には売れるか売れないかで文学を語る人もいて、そういう論説を見るたびに、笙野は強い違和感を抱いてきた。今回の鵜飼の記事は、まさにその流れで書かれている。いまの芥川賞は売れない、だから純文学の危機なのだ、と。

何が危機だ。売れ行きの好不調で文学を見るような、思慮の浅い記事が新聞に載っているほうが問題ではないか。笙野は強く批判した。

「半年毎の芥川賞の売り上げで文学全体の未来が右往左往するというのが、彼のお得意。しかも基調は、「純文学というインチキが駄目だから」という妄想的純文学叩き。「芥川賞は売れなきゃ駄目それも三十万部」という意見は本人から以前にきいている。挙げ句文学に必要なのは「緊張感」だとしめるが、このフレーズは実はある求道的な作家の言葉。が、それも彼の筆になれば、たちまち純文学に投げつける腐った卵と化す。まったく緊張感が足りないのはUさんあんただよあんた」（「三重県人が怒る時」、『群像』平成十年七月号）

「U」というのが鵜飼のことだ。『読売』七月二十二・二十三日夕刊の「文芸ノート」でも鵜飼が性懲りもなく純文学批判をしているのを見て笙野は「サルにも判るか芥川賞」（『文學界』十月号）でさらに追及する。ひとこと口を開けば売り上げがどうだとそればっかり。あなたは本当に文学がわかっているのか。猛烈に攻め立てた。

ところがだ。笙野に何度か取り上げられても、鵜飼はまともに応えようとはしなかった。謝りもしない。さりとて突っ張りもしない。何もなかったように記者の仕事を続けて、縦横無尽に駆け回る。さすが面の皮の厚い人には、何を言っても効きようがない。

知識は豊富で、しゃべりは達者。さらに地道な調査も厭わない。こういう人を出版界は放っておかず、新聞社の仕事とはまた別に、外部からも多くの依頼が舞い込んでくる。平成二十六年「芥川賞&直木賞フェスティバル」で行われたトークイベント「芥川賞、この選評が面白い」の司会を引き受けたことをきっかけに、平成二十七年『芥川賞の謎を解く　全選評完全読破』（文春新書）を書き下ろしたのもその一つだった。たまたま又吉直樹の「火花」が受賞したのが同年の七月。芥川賞史上、何度目かの大爆発が起きたタイミングとも重なって、鵜飼の本もたくさんの人の目に触れた。選評に書かれたことを歴史的に追っていく、というのが同書の骨子だったが、この賞がたびたび注目された有名な事例をもれなく紹介し、「又吉直樹と太宰治の因縁」「若者でバカ者でよそ者」とキャッチーな見出しを付けるなど、文芸記者として培った人に読ませる技術を遺憾なく発揮する。

ただ、残念な箇所もある。文芸記者はとにかく多くの人に取材する。候補者だけでなく、選考委員や主催団体、書評家や書店員など、さまざまな声を耳に入れる。どの立場にもそれぞれの意見や事情があって、正解はどこにもない。となると行き着くところは、誰にとっても害のない中庸な考えになる。

鵜飼の本にも、そんな文芸記者らしさが如実に出ている。

「芥川賞が文学賞の代名詞でありつづけるのはなぜか。」「文学者である選考委員同士が真摯に議論を重ね、それぞれが考える「これが新しい文学」という思いを選評という形で公開してきた。」（「はじめに」）

それが芥川賞の歴史を築いてきたと鵜飼は言うのだが、うーん、それを芥川賞だけの特徴とするのはいかにも弱い。三島由紀夫賞や野間文芸新人賞の選評は注目するに足らないのか。現場を取材する記者ならではの目で、他に比べて芥川賞だけがとくに真摯な議論をしている、と説くならわかる。そこのところが煮え切らず、いろんな方面に目配りして、安全な話に逃げ込んでいる。そのため、いまいち話に説得力がない。惜しいと思う。

と、このまま一方的に批判し続けてもいいのだが、じっさい鵜飼には数々の美点もある。そちらも挙げなければアンフェアだろう。

たとえば平成十三年九月、北京で「日中女性作家シンポジウム」が開かれた。鵜飼も取材で同行したが、中国人作家の残雪が、鵜飼と話したときの印象を書きとめている。

「彼は英語がよくできる上、中国語も読める。読売新聞から取材に来た記者で、考えの深いハイレベルな人物だった。」「彼との話はとても痛快だった。」(「胸躍る、困惑に満ちた交流」、『すばる』平成十三年十二月号、近藤直子訳)

そのとき残雪は、文学には体力が必要だ、だから私は腕立て伏せをしていると言った。すると鵜飼はいきなりその場で自分もやってみせ、「きつい!」と唸ったそうだ。子供のような無邪気さで、人との距離感をすばやく詰める。痛快な人物には違いない。

私も何度か鵜飼に会ったことがある。深い知り合いではなく、表面的な印象しか書けないが、それでも文芸記者の生の姿を記録しておくのも無駄ではないだろう。

令和元年(二〇一九年)七月、神奈川近代文学館で鵜飼が芥川賞のことを語るというので聴きに行った。帰りの駅でばったりと遭遇、途中まで一緒の電車に乗ったが、「講演では話しきれなかったんですけどね」と、やおら鞄から資料を引っ張ってきて語り出す。太宰治、松本清張、中島敦、大岡昇平、埴谷雄高らは、みな明治四十二年の同い年。それぞれお互いがどんなふうに言及し合っているのか調べてみたんです、と嬉々としてしゃべりまくる。時折りニッと笑いながら、頭の回転が速いのか、口から先に生まれてきたのか、ぽんぽん言葉が出てくるのだ。この愛嬌と社交性。名物記者の真骨頂だな、とついつい感心させられた。

二十四、各社の現役記者

いまの時代を生きる人たち

令和五年（二〇二三年）五月に『週刊朝日』が休刊した。ライバルの『サンデー毎日』も発行頻度を減らしながら低空飛行を続けている。いずれも創刊から百年を超え、盛者必衰、調子のよかった頃の伝説だけを残して、いまはもう見る影もない。新聞本紙のほうも下り坂が続き、発行部数は平成九年をピークとして激減が止まらない。新聞社をとりまく経済環境は、苦境を通り越してほとんど壊滅的だ。

もちろん文芸記者も人ごとではない。彼らの職場は、あるいは仕事は、いつまで存続できるのだろう。未来は暗い。

落ち目、低迷、先細り。と暗澹たる気持ちになったところで、本書も締めくくりに差しかかる。明治の頃から稿を起こして、大正、昭和、平成と、時代に沿って人物を見てきたが、いよいよ最後は二〇〇〇年以降、つまりほとんど「いま」の話だ。右を向いても左を見ても景気のいい話は見当たらない。しかし文芸ニュースは絶え間なく生まれ、そのまわりを文芸記者が蠢《うごめ》いている。

たとえば新聞の文芸欄を見ていると、何人かの記者の記事をよく見かける。『読売新聞』の待田晋哉や川村律文、共同通信の鈴木沙巴良《さはら》。あるいは『産経新聞』の海老沢類などだ。それぞれに仕事にやりがいを得て、いまの時代に文芸記者であることの苦難に立ち向かっている。

情報の鮮度ではネットのほうが断然早い。わかりやすさや手軽さでも、動画やＳＮＳにはかなわない。いったい文芸記者の存在意義はどこにあるというのだろう。

『産経』の海老沢は平成十一年（一九九九年）の入社組で、平成二十二年から文芸を担当しているが、自分の仕事についてこう書いている。

「文芸担当記者の主な仕事は作家へのインタビューだが、それらの記事が総合面や社会面を飾ることは少ない。」「時折、5年や10年、あるいはもっと先を見て仕事をしているような感覚にとらわれることがある。」（『日本記者クラブ会報』五七三号、平成二十九年十一月十日）

文芸はいつでもそうだった。文壇で何かが起きる。しかし今日明日を争うような火急の用件はほとんどない。どうなるかわからない未来のために取材を続けて、こつこつと畑を耕す人。それが文芸記者だというわけだ。

そもそも文学に正解はない。虚しくなるときもあるだろう。いったい彼らは何を楽しみに仕事をしているのか。いずれ消えるかもしれない「新聞の文芸記者」という職業をどう見ているのか。それを知るには「いま」を生きる現役の記者に話を聞くのが手っ取り早い。駄目でもともとだ、馬鹿なふりして何人かの人たちに頼んでみた。すると、いいですよと了承してくれた記者が二人いる。『朝日新聞』の中村真理子と『東京新聞』の樋口薫だ。協力したって彼らにメリットは何もない。どちらも律儀で真面目、そして奇特な人なのは間違いない。

話を聞いたのは令和五年十月半ば。ちょうど一つの文芸ニュースが落ち着く頃合いにぶつかった。たしかにそれが済むまでは、のんきに話ができる暇など文芸記者にはない。毎年十月初め、ノーベル文学賞の発表があるからだ。

日本人が受賞するかもしれない。そのぬか喜びの歴史は文芸記者とともにある。日本ペンクラブが同賞の候補に谷崎潤一郎を推薦した、と報じられたのは昭和三十五年（一九六〇年）のこと。以来、三島由紀夫、川端康成、井上靖、遠藤周作、大江健三郎と、可能性ありと見られた作家のまわりには文芸記者がわらわらと群がった。

現在、最も期待されているのは村上春樹だ。平成十八年フランツ・カフカ賞を受賞した頃から、これは近々ノーベル賞か、とまことしやかに囁かれ出す。それから毎年毎年、ほんとに来るのかわからない吉報を待ちながら、もうじき二十年。もはや馬鹿馬鹿しさの域を越えて常態の現象と化している。

令和五年、発表された受賞者はノルウェーの劇作家ヨン・フォッセだった。邦訳された本はなく、日本ではかなり馴染みが薄い。『朝日新聞』の中村真理子は頭をしぼり、フォッセのことならと、河合純枝に寄稿を依頼するよう担当記者に指示を出した。河合は日本でフォッセの戯曲が上演されたときに翻訳を手がけたことがある。いざ原稿ができあがり、届いた原稿を読んで中村は興奮した。素晴らしい内容だったからだ。こうして河合の「寄せては返す、「存在」への問い」は十月十二日朝刊に掲載された。誰にどのテーマで書いてもらうか。その構想がばしっとはまると、文芸記者は至福の達成感に包まれる。

しかし、それがどこまで世間に読まれるかは、また別の問題だ。ノーベル賞といえば文芸のなかでも注目度の高い話題だが、日本人がとらなければ、読者の関心は一気に引いていく。河合の寄稿について「もっと反響があってもいい内容だと思うんですけど……」と中村は悲しげに語る。『朝日』のような大新聞でも、人々に読まれる紙面をつくるのは、なかなか難しい。

昭和五十二年、中村は石川県金沢に生まれた。昔から読書が大好きで、進学するにつれて本づくりに関わる仕事がしたいと希望が固まっていく。一橋大学社会学部を卒業後、平成十二年、朝日新聞社に入社。初めは出版局の採用で『週刊朝日』に配属された。地方支局を経て東京本社の文化部に移ったのが平成十七年のことで、その後所属はいくつか変わったが、令和五年現在、文芸担当デスクを務めている。

文芸記者として多くの仕事をしてきたが、たとえば平成二十六年春、夏目漱石の「こころ」を百年ぶりに『朝日』に再録する企画が立てられ、担当者になったのが中村だ。連載中には、読者から好意的な声が続々と寄せられた。丹念に紙面を読み、いかに楽しんでいるかを伝えてくれる読者の多さに、中村も刺激を受けた。

しかし文芸の企画は話題になるものばかりではない。頭をしぼって記事を載せても、無風のまま過ぎ去ることもある。そうして仕事を重ねるうちに、中村は実感する。話題性とか文学賞とか、それで多くの人に目を向けてもらうのは大切だ。しかし評論や論稿など、少し硬めの記事は、たとえ読まれづらくても大きな示唆を与えてくれる。そちらも丹念に送り出すのが文芸記者の責務なのではないかと。

「作家の人たちの言葉って、ほんとに豊かなんです。こちらが投げかけたものに、思いもかけない発想で言葉が返ってくる。その感動をもっと多くの人に届けるにはどうしたらいいか。いまも悩んでいます」

と中村は語る。いかにも優等生めいていて、遠目で見ているこちらにとっては返す言葉に窮してしまうが、誠実であろうとする人を嘲笑するほど、私もひねくれてはいない。中村の謙虚さがうまく好転すればいいなと思う。

いま一人、『東京新聞』樋口薫は、中村に比べるとやや異色と言えるだろう。昭和五十四年京都府綾部市の生まれ。いまは文芸専任ではなく、囲碁・将棋などをあわせて担当している。文芸記者の話が聞きたいと言うと、「いやいや私なんかで参考になるかなあ」と、まず釘を刺された。この秋はノーベル文学賞よりも、将棋の藤井聡太が前人未到の八冠を達成して大フィーバー。樋口もそちらに多くの時間を割いた。それはそうだ。世界は文芸だけで回っているわけではない。

文芸記者には意外と多いが、樋口も学生時代は文学を学んだ人ではない。出身は東京大学工学部。学生の頃には授業をさぼって麻雀ばかりやっていた。しかし卒業が近づいてきて、ふと考える。自分は何がしたいんだろう。好きなことはいくつかある。文章を書くこと、本を読むこと、将棋を観戦することだ。それらと関係した仕事が何かないかと探しながら、出版社や新聞社を受けたものの、ことごとく落とされて、採用されたのが中日新聞社だった。

中日は、もとは『中部日本新聞』という紙名の、名古屋に本社を置くブロック紙で、昭和十七年に『新愛知』と『名古屋新聞』が統合して誕生した。昭和四十二年『東京新聞』を買い取って以降、そちらの発行も手がけている。樋口は『東京新聞』の所属となって地方支局、社会部で働いた。警察などを取材する機会も多かったが、取材先では待機の時間がしばしばある。そんなときには世界文学全集を持っていって読んでいた、というからずいぶん変わった人である。

文化部（現・文化芸能部）に異動になったのは平成二十六年のこと。『東京新聞』の文芸面は、『都新聞』時代の昔から企画も選書も独特な切り口に特徴があった。変わった人にはもってこいの舞台と言ってもいい。文芸記者としての実感を聞いたときにも、まず樋口の口から出たのが同紙に流れる自由な特質のことだった。

「うちは規模が大きくないから、かえって自由にできるところがあるんです。自分の気に入った本を遠慮なく取り上げられますし。ゲリラ的にやっている感じですね」

話していると樋口には、聞けば何でも答えてくれそうな敷居の低さがある。とにかく率直で、飾ったところがない。

いま記者が置かれている状況をどう思うか。この問いに対する答えもそうだった。かつて樋口はこんなことを書いていた。

「新聞の文芸記者をしていると、時々、生き延びられるだろうかと不安になることがある。新聞を読む若者が減るなか、いつまで新聞社が存在できるかという不安と、読書をする若者が減るなか、どこまで文学に関する話題に需要があるかという不安、その二重の意味で。」（「破格の作家、又吉直樹　一記者の視点から」、『文藝』平成二十九年秋号）

正直さが何とも潔い。また、こういう悲観的なことを平気で言うところも、何をしたって大して怒られない『東京新聞』の培ってきた傍流の気風そのままだ。

不安になる、と樋口が書いたのは平成二十九年のことだった。それから数年、令和に入って新聞と文芸の環境はさらに厳しくなっている。それでも樋口の言葉は変わらずさっぱりとしていた。

「この先も文芸を求める人はいると思います。作家の生の声を多くの人に届ける、という役割も残るでしょう。ただ、それを従来のように『新聞の文芸記者』だけが担う必要はない。一つのかたちにとらわれず、さまざまに携わる人たちがいる。それでいいと思います」

たしかに私も同感する。新聞から読者へ何かを伝える、という一方向の情報の流れは、ネットの発達で確実に崩れ去った。樋口の語るように、今後ますます、プロ・アマ問わず多種多様な人たちが文芸を広く知らせることを仕事にしていくだろう。文芸そのものが存続するかぎり、脇で伝える人たちの存在意義がゼロになるわけではない。

昔から現在に至るまで、文芸に興味のない人、必要としない人は、世の中にたくさんいた。そんな一般の人たちにまで、文芸界の動静や書き手の言葉を届けようと働いてきたのが文芸記者だった。彼らのようにお節介な人がいたおかげで、文学の世界が格段に面白くなったのは間違いない。今後、新聞ビジネスは廃れていくだろう。しかし、先行き不透明な文芸界を、外から内から囃し立てる人たちには消えないでほしい。心からそう願う。

文芸記者年表

明治3年（1871年1月）日本人による初の邦字日刊紙『横浜毎日新聞』創刊。

明治5年（1872年2月）『東京日日新聞』（以下『東日』）創刊。

明治5年（1872年6月）『報知新聞』（以下『報知』）創刊。

明治7年（1874年11月）『読売新聞』（以下『読売』）創刊。

明治8年（1875年11月）『平仮名絵入新聞』に続き物の嚆矢「岩田八十八の話」が掲載される。

明治9年（1876年12月）『中外物価新報』創刊。

明治10年（1877年1月）西南戦争が勃発（〜九月まで）。

明治12年（1879年1月）大阪で『朝日新聞』（以下『朝日』）創刊。明治二十二年一月より題号を『大阪朝日新聞』（以下『大朝』）とする。

明治15年（1882年2月）『日本立憲政党新聞』創刊。明治十八年九月に『大阪日報』と改題後、明治二十一年十一月『大阪毎日新聞』（以下『大毎』）と再改題。

明治15年（1882年3月）『時事新報』（以下『時事』）創刊。

明治17年（1884年9月）夕刊紙『今日新聞』創刊。

明治18年（1885年3月）硯友社が結成される。のち機関誌の『江戸紫』を『読売』の付録として発行。

明治18年（1885年11月）二十九日、『朝日』の紙面に東海散士『佳人之奇遇』評が掲載される。

明治18年（1885年12月）伊藤博文が初の内閣を組織する。

明治19年（1886年10月）七日、『読売』で「最近出版書」欄が始まる。

明治20年（1887年8月）高田早苗（号・半峰）が坪内逍遙に勧められて『読売』主筆に就任。「文学新聞」を標榜する。

明治21年（1888年7月）『朝日』が『めさまし新聞』を譲り受け『東京朝日新聞』（以下『東朝』）を創刊。

明治22年（1889年1月）『中外物価新報』が『中外商業新報』と改題。

明治22年（1889年2月）『今日新聞』を前身とする『みやこ新聞』（明治二十一年十一月に改題）が『都新聞』（以下『都』）と題号を改める。

明治22年（1889年12月）尾崎紅葉と幸田露伴、『読売』に入社。

明治22年（1889年）堀紫山、この頃『読売』に入社。

明治23年（1890年2月）『国民新聞』（以下『国民』）創刊。

明治24年（1891年3月）『読売』の堀紫山、紙上で巖谷小波『こがね丸』を批判する。

明治24年（1891年7月）『読売』堀紫山「明治豪傑ものがたり」を連載（～十一月まで）。

明治25年（1892年6月）帝大生の正岡子規、『日本』に「獺祭書屋俳話」を連載（～十月まで）。

明治25年（1892年11月）黒岩涙香『万朝報』を創刊、「鉄仮面」等の翻案小説を掲載し人気を博す。

明治26年（1893年）正岡子規、『日本』に俳句欄をつくる。

明治27年（1894年4月）『読売』歴史小説及び歴史脚本の懸賞募集。作者不明の「瀧口入道」が第二席に選ばれ、のちに作者が帝大生の高山樗牛と判明する。

明治27年（1894年7月）日清戦争が勃発（～明治二十八年四月まで）。

明治30年（1897年1月）松山で『ほとゝぎす』が創刊（のち誌名は『ホトトギス』となる）。

明治32年（1899年8月）『大毎』文芸部の菊池幽芳、「己が罪」を連載し話題となる（～明治三十三年五月まで）。

明治37年（1904年2月）日露戦争が勃発（～明治三十八年九月まで）。

明治39年（1906年5月）六日、正宗白鳥が『読売』に「文藝時評」の連載を始める。

明治41年（1908年3月）森田草平と平塚明子、塩原で心中未遂事件を起こす。

明治41年（1908年9月）高浜虚子が『国民』文芸部長に就任。文芸欄が創設され、虚子のもと東春像、嶋田青峰が担当する。このとき青峰『国民』に入社（～昭和三年七月まで）。

明治41年（1908年12月）『東朝』に森田草平「煤烟」連載開始。

明治41年（1908年）伊藤みはる、この頃『都』に入社（～大正十年二月、在職中に死去）。

明治42年（1909年11月）夏目漱石、『東朝』に文芸欄を設置、編集責任を担う。

明治42年（1909年11月）森田草平、『東朝』文芸欄担当を漱石に命じられる（～明治四十四年十月まで）。

明治43年（1910年8月）漱石、伊豆修善寺で倒れ、重体に陥る。

明治43年（1910年）『大毎』が学芸部を新設、部長に角田勤一郎（筆名・角田浩々歌客）が就く。

明治43年（1910年）虚子、『国民』文芸部長を退任。代わりに嶋田青峰が就く。

明治43年（1910年9月）『都』に「みやこ講話」欄創設。男女の情話を載せる。

明治44年（1911年3月）『大毎』が『東日』を合併。

明治44年（1911年5月）文部省のもとに文藝委員会が設立され「文藝選奨」が制定。翌年まで新聞各紙がこぞって取り上げる。

明治44年（1911年10月）『東朝』文芸欄が廃止される。

明治45年（1912年）柴田勝衛、『時事』に入社。

大正1年（1912年8月）薄田淳介（筆名・泣菫）、『大毎』に入社。

大正2年（1913年9月）『都』中里弥之助（筆名・介山）、同紙上で「大菩薩峠」の連載を始める。

大正3年（1914年7月）欧州大戦が勃発（～大正七年十一月まで）。のちに「第一次世界大戦」と呼ばれる。

大正4年（1915年）『時事』で沼波瓊音と斎藤茂吉の間に「フモール論争」が起きる。

大正4年（1915年）『時事』で大杉栄と茅原華山の間に労働問題に関する論争が起きる。

大正4年（1915年4月）『時事』柴田勝衛の説得の結果、平塚らいてう「峠」の連載が始まる（同月中絶）。

大正4年（1915年）柴田勝衛、タブロイド型の週刊誌を出すよう『時事』上層部に提案するが却下される。

大正5年（1916年4月）『国民』俳句欄の選者をめぐって松根東洋城、虚子と訣別する。

大正5年（1916年10月）菊池寛『時事』社会部に入社、千葉亀雄のもとで働く。

大正6年（1917年）赤井清司、『大朝』に入社（～昭和二十一年まで）。

大正8年（1919年）渡辺均、『大毎』に入社（～昭和十六年まで）。

大正8年（1919年3月）薄田淳介の誘いで芥川龍之介、『大毎』嘱託社員になる。

大正8年（1919年8月）千葉亀雄と柴田勝衛、『時事』から『読売』に転職する。

大正8年（1919年9月）『読売』の経営陣が一新、松山忠二郎が社長に就く。

大正8年（1919年11月）中里弥之助、『都』を退社。

大正8年（1919年）福田英助が『都』を買い取り経営に参画。

大正9年（1920年1月）『時事』文芸部主任に佐佐木茂索が就く。

大正9年（1920年6月）『大毎』『東日』に菊池寛「真珠夫人」連載（～十二月まで）。

大正11年（1922年1月）一日、『読売』に有島武郎「第四階級の藝術　其の芽生と伸展を期す」掲載。

大正11年（1922年2月）『時事』佐佐木茂索、文芸時評の執筆者に東大在学中の川端康成を起用する。

大正11年（1922年2月）『大朝』が『旬刊朝日』を創刊（二月二十五日号）。四月二日号から『週刊朝日』となる。

大正11年（1922年4月）『大毎』が『サンデー毎日』を創刊（四月二日号）。

大正11年（1922年）『サンデー毎日』が特別号「小説と講談」の刊行を開始。

大正11年（1922年）『報知』野村長一（筆名・胡堂）、調査部長兼学芸部長に就く。

大正11年（1922年10月）『都』に文芸欄ができ、上泉秀信、飛田角一郎が専任で担当する。

大正12年（1923年9月）一日、関東大震災。

大正12年（1923年）この頃から新聞社が大卒採用のための試験を始める。

大正13年（1924年）『朝日』が「読書ページ」を設置する。

大正14年（1925年5月）千葉亀雄『新聞講座』（金星堂）刊行。

大正15年（1926年3月）『サンデー毎日』大衆文芸懸賞の募集を始める。

大正15年（1926年）翁久允、『週刊朝日』東京支部を任される。

昭和2年（1927年7月）二十四日、芥川龍之介自殺。各紙で大きく取り上げられる。

昭和3年（1928年）新延修三、『東朝』に入社（～昭和三十五年まで）。

昭和6年（1931年）『東朝』で雑誌短評「豆戦艦」が始まる。

昭和7年（1932年6月）『時事』笹本寅、同紙上で「文壇郷土誌」を連載する（昭和八年春まで）。

昭和8年（1933年）『東日』学芸課が学芸部に昇格し、阿部眞之助が部長に就く。

昭和8年（1933年）高原四郎、『東日』に入社。

昭和8年（1933年1月）五日、『都』で匿名批評欄「大波小波」の掲載が始まる。

昭和8年（1933年2月）二十一日、『時事』笹本寅、小林多喜二急死の電話を受けて大宅壮一、貴司山治とともに築地署で取材を敢行。

昭和8年（1933年3月）『都』に尾崎士郎「人生劇場」連載開始。

昭和8年（1933年4月）千葉亀雄『新聞十六講』（金星堂）刊行。

昭和8年（1933年6月）『日本工業新聞』創刊。のち昭和十七年十月に『産業経済新聞』と改題（以下『産経』）。

昭和8年（1933年）『時事』笹本寅、『報知』片岡貢、『東朝』新延修三、『読売』河辺確治、『都』豊島薫、五人が協力して新雑誌『日本文藝』の刊行を計画する。

昭和8年（1933年12月）笹本寅、直木三十五の連載小説中止の責を感じて『時事』を退社。

昭和8年（1933年）『読売』で匿名批評欄「壁評論」が始まる。

昭和9年（1934年）『東日』で匿名批評欄「蝸牛の視角」が始まる。

昭和9年（1934年2月）二十四日、直木三十五病死。翌日の新聞で「文壇の巨星堕つ」と大きく報じられる。

昭和9年（1934年3月）『読売』を退職した上司小剣、『U新聞年代記』（中央公論社）刊行。

昭和9年（1934年12月）八日、直木賞・芥川賞の創設が各紙で発表される。

昭和9年（1934年）森川勇作、『釧路新聞』に入社。

昭和10年（1935年11月）川合仁が『日本学芸新聞』を創刊。

昭和11年（1936年）『大朝』の赤井清司、朝日会館の主事となる。

昭和11年（1936年10月）『大毎』『東日』に吉屋信子「良人の貞操」連載（～昭和十二年四月まで）。

昭和11年（1936年11月）『東日』が『時事』を合併する。

昭和12年（1937年3月）『日本読書新聞』創刊。

昭和12年（1937年7月）盧溝橋事件をきっかけに日中戦争が勃発（～昭和二十年八月まで）。

昭和13年（1938年9月）『都』井上友一郎、『読売』河辺確治、ペン部隊に付いて従軍する。

昭和13年（1938年10月）日本軍が漢口に入城。

昭和15年（1940年）平岩八郎と頼尊清隆、『都』に入社。

昭和16年（1941年12月）太平洋戦争が勃発（〜昭和二十年八月まで）。

昭和17年（1942年7月）新聞統合案が内閣で可決し、全国で新聞の統廃合が進む。

昭和17年（1942年10月）『都』と『国民』が合併して『東京新聞』（以下『東京』）が発足。

昭和17年（1942年11月）北海道内十一紙が合併して『北海道新聞』（以下『道新』）が発足。このとき『小樽新聞』にいた森川勇作、『道新』所属となる（〜昭和三十七年まで）。

昭和18年（1943年）杉山喬、『朝日』に入社。

昭和20年（1945年8月）ポツダム宣言を受け入れ、日本の敗戦が決まる。

昭和21年（1946年3月）『日本経済新聞』（以下『日経』）の紙名で発刊開始。

昭和21年（1946年3月）『朝日評論』創刊。昭和二十四年二月号より合議による書評ページを設置する。

昭和21年（1946年）竹内良夫、『読売』に入社（〜昭和四十六年まで）。

昭和22年（1947年2月）『東京』に坂口安吾「花妖」連載（〜五月まで・中絶）。

昭和22年（1947年7月）『読売』で林房雄が「白井明」の名を使い、匿名批評「東西南北」を連載開始（〜途中「メモラビリヤ」と改題され、昭和二十五年十月まで）。

昭和22年（1947年12月）日本新聞協会『新聞研究』が創刊される。

昭和23年（1948年6月）太宰治が山崎富栄と失踪、玉川上水で心中する。

昭和24年（1949年）各紙が夕刊を復活させる。

昭和24年（1949年）藤田昌司、時事通信社に入社（〜昭和六十一年まで）。

昭和24年（1949年6月）『日本読書新聞』編集部の田所太郎が独立して『図書新聞』を創刊。

昭和24年（1949年9月）『読売』が読売文学賞の創設を発表。

昭和24年（1949年12月）『朝日』夕刊の戦後初の連載小説に村上元三を起用、「佐々木小次郎」を門馬義久が担当する。

昭和25年（1950年1月）『毎日』井上靖、「闘牛」で第二十二回芥川賞を受賞。

昭和25年（1950年1月）『朝日』澤野久雄、「挽歌」で第二十二回芥川賞候補となる。

昭和25年（1950年2月）共同通信の高橋義樹（筆名・堀川潭）たちが『文学生活』を創刊する。

昭和25年（1950年3月）二十九日、『道新』夕刊で山岡荘八「徳川家康」の連載が開始。

昭和25年（1950年10月）四日、『朝日』夕刊「青眼白眼」で波多野勤子『少年期』が紹介され、一気にベストセラーとなる。

昭和26年（1951年2月）『週刊朝日』二月四日号から「週刊図書館」コーナーが始まる。

昭和26年（1951年2月）『出版ニュース』二月上旬号に「三新聞社學藝部長大いに語る」が掲載され、森村正平（『読売』文化部長）、石井貞二（『毎日』学芸部長）、川村専一（『朝日』学芸部長）が文芸記事について語る。

昭和26年（1951年6月）日本エッセイスト・クラブ創設。

昭和26年（1951年）『東京』紙上で「異邦人」をめぐり広津和郎と中村光夫によるカミュ論争が起きる。

昭和27年（1952年2月）『週刊サンケイ』創刊。

昭和27年（1952年3月）『日経』に文化部ができ、初代部長に筒井芳太郎が就く。

昭和27年（1952年7月）『朝日』の読書欄（書評欄）が週一回の掲載になる。

昭和27年（1952年7月）『月刊読売』が改題し『週刊読売』が誕生する。

昭和27年（1952年12月）百目鬼恭三郎、『朝日』に入社（〜昭和五十九年まで）。

昭和28年（1953年2月）NHKが本放送を始める。

昭和28年（1953年2月）『朝日』扇谷正造、菊池寛賞を受賞。

昭和28年（1953年8月）民放の日本テレビが開局。

昭和29年（1954年）伊達宗克、『東日』からNHKに入局（～昭和六十年まで）。

昭和30年（1955年）田口哲郎、共同通信社に入社（～昭和五十年まで）。

昭和30年（1955年8月）『週刊東京』創刊。

昭和31年（1956年1月）石原慎太郎が「太陽の季節」で第三十四回芥川賞を受賞、話題となる。

昭和31年（1956年3月）一日、『日経』文化面が創設。「私の履歴書」が始まる。

昭和31年（1956年）『中日』豊田穣、東京支社に異動。

昭和32年（1957年1月）辻平一『文芸記者三十年』（毎日新聞社）刊行。

昭和33年（1958年2月）『週刊朝日』二月十六日号の特集記事をきっかけに五味川純平『人間の条件』がベストセラーになる。

昭和33年（1958年5月）『週刊読書人』創刊。

昭和33年（1958年7月）『毎日』山崎豊子、『花のれん』で第三十九回直木賞受賞。

昭和34年（1959年7月）『中日』豊田穣、第四十一回直木賞・芥川賞の候補にそれぞれ挙がった津村節子・吉村昭夫妻を取材する。

昭和34年（1959年）『熊本日日新聞』（以下『熊日』）主催で熊日文学賞が創設される。

昭和34年（1959年）『毎日』が毎日芸術賞の創設を発表。

昭和34年（1959年）『日経』日曜版の読書面で「とじ糸」が始まる。

昭和35年（1960年1月）『産経』福田定一（筆名・司馬遼太郎）、『梟の城』で第四十二回直木賞受賞。自ら受賞者紹介の記事を書く。

昭和35年（1960年）久野啓介、『熊日』に入社。

昭和36年（1961年1月）『北海タイムス』木野工「紙の裏」が第四十四回芥川賞候補となる。

昭和36年（1961年3月）有田八郎が三島由紀夫を相手に訴訟を起こす。いわゆる「宴のあと」裁判。

昭和36年（1961年）『日経』文化面で「交遊抄」が始まる。

昭和37年（1962年7月）杉森久英、直木賞の発表の日を『東京』の文化部員たちと過ごす。

昭和37年（1962年）『毎日』学芸部の小山勝治（筆名・小門勝二）、個人誌『散人』で日本エッセイスト・クラブ賞を受賞。

昭和37年（1962年）金田浩一呂、『産経』に入社。

昭和37年（1962年）井尻千男、『日経』に入社（～平成九年まで）。

昭和39年（1964年4月）高木健夫『新聞小説史稿　第一巻』（三友社）刊行。

昭和39年（1964年7月）『朝日』が一千万円懸賞小説を主催し、三浦綾子「氷点」が入選する。門馬義久が連載を担当。

昭和39年（1964年10月）東京オリンピック開催。

昭和40年（1965年10月）田所太郎などが企画して『朝日ジャーナル』十月十七日号から「戦後ベストセラー物語」連載（～昭和四十二年三月二十六日号まで）。

昭和40年（1965年）『日経』文化面で「文化往来」が始まる。

昭和40年（1965年）『朝日』学芸部に大佛次郎「天皇の世紀」専任の別室が設けられ、櫛田克巳が担当に就く（連載は昭和四十二年一月～昭和四十八年四月まで）。

昭和41年（1966年1月）高井有一が「北の河」で第五十四回芥川賞を受賞。

昭和41年（1966年11月）「宴のあと」裁判で和解が成立したとNHKが報じる。

昭和42年（1967年4月）三島由紀夫、自衛隊に体験入隊（〜五月まで）。

昭和42年（1967年）『道新』主催で北海道新聞文学賞が創設される。

昭和43年（1968年10月）川端康成、日本人初のノーベル文学賞受賞が決まる。

昭和44年（1969年2月）瀧井孝作が『野趣』で読売文学賞（小説賞）を受賞。師にあたる志賀直哉の談話を、『産経』金田浩一呂がとる。

昭和44年（1969年2月）『産経』系列の夕刊紙『夕刊フジ』が創刊。

昭和44年（1969年10月）第十七回菊池寛賞に『日経』文化部が選ばれる。

昭和44年（1969年12月）熊日文学賞に石牟礼道子『苦海浄土』が決まるが、本人が辞退。

昭和45年（1970年）この頃、『朝日』が女性記者を積極的に採用しはじめる。

昭和45年（1970年）由里幸子、『朝日』に入社。

昭和45年（1970年）『日経』「とじ糸」の担当の一人として、文化部の井尻千男が就任。

昭和45年（1970年11月）二十五日、三島由紀夫が陸上自衛隊市ヶ谷駐屯地の総監室に立てこもり、自害する。

昭和46年（1971年1月）『中日』豊田穣、『長良川』で第六十四回直木賞を受賞。

昭和46年（1971年7月）『朝日』大阪本社の大谷晃一、『続関西名作の風土』で日本エッセイスト・クラブ賞を受賞。

昭和46年（1971年8月）梶山季之が『月刊噂』を創刊。

昭和46年（1971年10月）『北海タイムス』木野工「襤褸」が北海道新聞文学賞を受賞。

昭和46年（1971年）『朝日』杉山喬、読書面担当の編集委員となる。

昭和47年（1972年12月）『朝日』年末の文学年間回顧記事を文芸記者が担当し始める。初年の担当は（目）（＝百目鬼恭三郎）。

昭和48年（1973年2月）野村尚吾（元『毎日』記者）『週刊誌五十年　サンデー毎日の歩み』（毎日新聞社）刊行。

昭和48年（1973年2月）十六日、『朝日』夕刊で匿名連載「作家Who's Who」が始まる。

昭和48年（1973年）小山鉄郎、共同通信社に入社。

昭和48年（1973年10月）熊本で雑誌『暗河』創刊。『熊日』久野啓介が参加する。

昭和48年（1973年10月）新延修三『朝日新聞の作家たち　新聞小説誕生の秘密』（波書房）刊行。

昭和48年（1973年11月）藤田昌司『100万部商法　日米会話手帳から日本沈没まで』（地産出版）刊行。

昭和49年（1974年6月）『朝日』門馬義久、長谷川伸賞を受賞。

昭和49年（1974年11月）『産経』連載「軍艦長門の生涯」のために阿川弘之が南洋マーシャル群島に取材旅行。記者の金田浩一呂も同行する。

昭和49年（1974年12月）高木健夫『新聞小説史　明治篇』（国書刊行会）刊行。

昭和51年（1976年）金田浩一呂、『産経』から『夕刊フジ』に出向（〜昭和六十二年まで）。

昭和51年（1976年10月）『週刊文春』書評欄「ブックエンド」で〈風〉の匿名批評が始まる（〜昭和五十七年十月二十一日号まで）。

昭和53年（1978年）時事通信の藤田昌司、「ロングセラーの秘密」を連載配信（〜昭和五十四年まで）。

昭和53年（1978年7月）『毎日』高瀬善夫が芥川賞の舞台裏を取材した連載「同時進行ドキュメント芥川賞」を掲載する（十日〜十五日）。

昭和54年（1979年3月）岡留安則が『噂の真相』を創刊。

昭和54年（1979年7月）『朝日』百目鬼恭三郎、『奇談の時代』で日本エッセイスト・クラブ賞を受賞。

昭和56年（1981年6月）頼尊清隆『ある文芸記者の回想　戦中戦後の作家たち』（冬樹社）刊行。

昭和56年（1981年7月）青島幸男が『人間万事塞翁が丙午』で第八十五回直木賞受賞、記者会見にテレビ各社が集結する。

昭和57年（1982年1月）『熊日』の光岡明が『機雷』で第八十六回直木賞を受賞する。

昭和57年（1982年9月）十九日、『朝日』一面で百目鬼恭三郎が丸谷才一の『裏声で歌へ君が代』を取り上げる。

昭和58年（1983年）鵜飼哲夫、『読売』に入社。

昭和59年（1984年1月）『読売』の「文芸時評」の執筆者が文化部・白石省吾になる。

昭和59年（1984年6月）『朝日』森田正治『ふだん着の作家たち』（小学館）刊行。

昭和59年（1984年7月）『日経』井尻千男『出版文化　夢と現実』（牧羊社）刊行。

昭和62年（1987年7月）第九十七回の選考から直木賞・芥川賞に初めて女性の選考委員が加わる（直木賞は田辺聖子・平岩弓枝、芥川賞は大庭みな子・河野多恵子）。

昭和62年（1987年9月）新潮社が三島由紀夫賞・山本周五郎賞を創設することを『読売』がフライングで発表。

平成2年（1990年1月）『文學界』で共同通信・小山鉄郎の連載「文学者追跡」が始まる（〜平成四年五月まで）。

平成2年（1990年1月）永山則夫が日本文藝家協会に入会申請を出すが、協会側が申請を却下。

平成3年（1991年11月）金田浩一呂『文士とっておきの話』（講談社）刊行。

平成3年（1991年11月）土方正巳『都新聞史』（日本図書センター）刊行。

平成4年（1992年）『毎日』書評欄「今週の本棚」を丸谷才一が監修し始める。

平成6年（1994年10月）大江健三郎、ノーベル文学賞の受賞が決まる。

平成7年（1995年9月）『海燕』九月号に「座談会　文芸ジャーナリズムの五五年体制と批評の位置」が掲載される。参加者は評論家の川村湊、富岡幸一郎の他、文芸記者の由里幸子（『朝日』）、浦田憲治（『日経』）、鵜飼哲夫（『読売』）。

平成9年（1997年）全国の新聞発行部数が五三七六万部を記録（日本新聞協会調べ）。この年をピークに漸次減少に転じる。

平成10年（1998年7月）笙野頼子が『群像』七月号「三重県人が怒る時」などで『読売』鵜飼哲夫の記事を批判。

平成11年（1999年）海老沢類、『産経』に入社。

平成12年（2000年）中村真理子、『朝日』に入社。

平成13年（2001年9月）『小説トリッパー』秋季号に「記者の現場から見た四半世紀の新人たち」が掲載され、桐原良光（『毎日』）、浦田憲治（『日経』）、鵜飼哲夫（『読売』）、由里幸子（『朝日』）が語り合う。

平成15年（2003年）樋口薫、『中日』に入社（『東京』に配属）。

平成18年（2006年3月）村上春樹、フランツ・カフカ賞を受賞。次はノーベル文学賞かと言われ始める。

平成23年（2011年1月）第一四四回直木賞・芥川賞の受賞者記者会見が、ニコニコ生放送で配信される。

平成25年（2013年4月）共同通信の小山鉄郎、現役の文芸記者として初めて日本記者クラブ賞を受賞する。

平成26年（2014年4月）『朝日』で夏目漱石「こころ」が百年ぶりに再掲される（四月二十日～九月二十五日まで）。

平成27年（2015年3月）『読売』尾崎真理子、『ひみつの王国　評伝　石井桃子』で芸術選奨文部科学大臣賞、新田次郎文学賞（四月）を受賞。その業績で宮崎県文化賞、日本記者クラブ賞も贈られる。

平成27年（2015年3月）浦田憲治『未完の平成文学史　文芸記者が見た文壇30年』（早川書房）刊行。

平成27年（2015年6月）鵜飼哲夫『芥川賞の謎を解く　全選評完全読破』（文春新書）刊行。

平成30年（2018年2月）『毎日』米本浩二、『評伝　石牟礼道子――渚に立つひと』で読売文学賞（評論・伝記賞）を受賞。

令和5年（2023年2月）『読売』を退職した尾崎真理子、『大江健三郎の「義」』で読売文学賞（評論・伝記賞）を受賞。

令和5年（2023年5月）『週刊朝日』が休刊。

初出一覧

「本の雑誌」二〇二三年三月号～二〇二四年二月号「文芸記者列伝」を大幅に加筆・修正。

八の補遺、十三の補遺、二十二の補遺と文芸記者年表は書き下ろし。

文芸記者がいた！

二〇二四年九月二十五日　初版第一刷発行

著者　川口則弘

発行人　浜本茂

印刷　中央精版印刷株式会社

発行所　株式会社　本の雑誌社
〒101-0051
東京都千代田区神田神保町1-37　友田三和ビル　5F
電話　03（3295）1071
振替　00150-3-50378

ISBN978-4-86011-493-0 C0095